9990개의 치즈

9990개의 치즈

빌렘 엘스호트 소설 박종대 옮김

The translation of this book is funded by the Flemish Literature Fund
(Vlaams Fonds voor de Letteren – www.flemishliterature.be)
이 책은 플랑드르 문학 기금의 지원을 받아 출간되었습니다.

KAAS
by WILLEM ELSSCHOT (1933)

이 책은 실로 꿰매어 제본하는 정통적인 사철 방식으로 만들어졌습니다.
사철 방식으로 제본된 책은 오랫동안 보관해도 손상되지 않습니다.

얀 흐레스호프에게

묵묵히 당신의 말에 귀를 기울인다.
쉰 듯한 목소리, 그러나 어디서건
단조로 노래 부르듯
인간 속의 상투적인 것을 저주하는 당신의 말.

당신의 입이 움직이는 선을 지켜본다.
잘못 아문 상처 같은 입,
말로 포착할 수 있는 모든 것을
웃음으로 표현하는 입.

그에겐 친구가 있고, 아내와 자식이 있다.
그에겐 충직하고 그 자신이 사랑하는 사람도 많다.
어른부터 아이까지.
그러나 얀 흐레스호프는 혼자다.

그는 보고 희망하고 기다리고 길을 찾는다.
날이면 날마다, 밤이면 밤마다.
그러다 무슨 소리를 듣고 손을 올린다.
브뤼셀에서는 벌써 그의 종말이 기다리고 있다.

얀리프, 가서 채찍을 휘둘러
그 일당들 모두에게 피멍 자국을 남겨!
그 쓰레기 같은 것들을 당신의 길에서 쓸어 버려!
당신의 심장이 뛰는 한.

등장인물

프란스 라르만스 종합 해운 조선소 사무직 직원으로 일하다 우연히 사업가로 변신하고, 그러다 결국 다시 회사원으로 돌아간다.

라르만스의 어머니 곱게 노망이 들어 죽어간다.

의사 라르만스 프란스의 형.

반 스혼베커 의사 라르만스의 친구. 모든 일이 이 사람에게서 비롯된다.

호른스트라 암스테르담의 치즈 사업가.

피네 라르만스의 아내.

얀과 이다 라르만스의 아들과 딸.

페터르스 부인 라르만스의 이웃집 노부인. 집 밖에서 무슨 일이 일어나는지 늘 귀를 쫑긋 세우고 감시하는 것이 하루 일과다.

반 더르 타크 양, 투윌, 에르퓌르트, 바르테로터 종합 해운 조선소 사무직 직원들. 라르만스의 동료들.

보르만 사업 문제 전문 상담가.

피트 영감 종합 해운 조선소에서 증기 기관차를 몰고 다니는 기계공.

반 더르 제이펀 공증인 제이펀의 막내아들. 아버지의 돈으로 라르만스와 합작하길 원한다.

그 외 스혼베커의 친구들

작품 요소

치즈 치즈 꿈. 치즈 영화. 치즈 상회. 치즈의 날. 치즈 캠
페인. 치즈 광산. 치즈 세계. 치즈 무역. 치즈 소설. 치
즈 인간. 치즈 덩어리. 치즈 상인. 치즈 합작. 치즈 괴
물. 치즈 재앙. 치즈 유언장. 치즈 환상. 〈치즈〉라는
담. 치즈 문제. 〈치즈〉라는 마차. 〈치즈〉라는 짐. 치즈
의 상처. 치즈의 시련. 치즈 탑. 치즈 왕국. 치즈 도매
업. 치즈 벌레. 치즈 전통. 치즈 산업.

가프파Gafpa 제너럴 안트베르펜 피딩 프로닥츠 어소시
에이션General Antwerp Feeding Products Association

〈푸른 모자 탁송〉 회사의 물류 창고

전화기, 외교관 책상, 타자기가 갖춰진 라르만스의 사무실

주사위 놀이 상자, 버들가지로 만든 가방

치즈 가게

공동묘지

1

드디어 다시 편지를 쓰게 되었군. 반 스혼베커 씨 덕분에 대단한 일이 벌어질 예정이거든.

알다시피 얼마 전에 어머니가 돌아가셨네.

물론 유쾌한 얘기는 아니지. 어머니 자신한테나 사력을 다해 어머니를 돌본 누님들한테나.

어머니는 늙으셨네. 그것도 무척이나. 정확히 연세가 어떻게 되는지는 몰라도. 어쨌든 어머니는 지병이 있었던 건 아니고 그저 기력이 쇠하신 걸세.

어머니를 모시고 산 큰누님은 어머니에게 참 잘했네. 소화가 잘 되게 빵을 우유에 적셔서 드렸고, 대변도 직접 돌봐 드렸지. 심지어 노인네는 뭐라도 하는 일이 있어야 한다며 어머니한테 감자 까는 일을 시켰네. 그래서 어머니는 감자를 까고 또 깠네. 아마 누가 보면 1개 중대 식사를 혼자 다 준비하나 착각할 정도였을 걸세. 아무튼 우리는 각자 집에서 먹을 감자까지 모두 누님 집으로 가져갔네. 심지어 나중에는 위층에 사는 부인과 몇몇 이웃에게도 감자를 받아 와야 했네. 더는 깔 감자가 없어 누님이 양동이에 담아 놓은, 이미 다 깐 감자를 다시 까게 하자 어머니가 신기하게도 그것을 알아채고 이렇게 말했기 때문이지.「그건 다 깐 거야.」

손과 눈의 협력 작업에 문제가 생겨 어머니가 더는 감자를 깔 수 없게 되자 누님은 오랫동안 써서 뭉친 데가 많은 솜이불과 양털 이불을 어머니에게 안기며 솜을 풀게 했네. 그러자 엄청난 먼지가 쏟아졌고, 어머니는 머리부터 발끝까지 솜털을 뒤집어썼지.

그렇게 낮이고 밤이고 일은 계속되었네. 어머니는 꾸벅꾸벅 졸다가 솜을 풀고, 또 졸다가 다시 솜을 풀었네. 그러다 가끔 누구에게 보내는 것인지 모를 미소를 짓기도 했지.

어머니는 5년 전에 돌아가신 아버지에 대해 아무것도 기억하지 못했네. 그러니까 두 분 사이에 자식이 아홉이나 있었는데도 아버지는 어머니에게 이 세상에 존재했던 사람이 아닌 것이지.

어머니를 찾아가면 나는 가끔 아버지 이야기를 했네. 그러다 보면 혹시 어머니가 정신을 차리거나 기운을 내지 않을까 하는 희망에서였지.

아버지 이야기를 꺼내다가 나는 어머니에게 크리스트를 정말 모르겠냐고 물었어. 크리스트는 우리 아버지 이름이지.

어머니는 어떻게든 내 말을 이해하려고 애를 쓰는 눈치였어. 자신이 꼭 알아야 할 일이 있음을 알아차린 사람의 표정이라고 할까? 그럴 때면 어머니는 소파에서 몸을 내민 채 관자놀이에 핏대를 세우고 긴장된 얼굴로 나를 빤히 바라보았네. 마치 깜박거리던 불꽃이 완전히 꺼지기 전에 마지막으로 잠시 활활 되살아나는 느낌이었지.

그러나 불꽃은 잠시 후 다시 꺼졌고, 어머니는 골수에 사무칠 듯한 그 특유의 미소를 다시 지었네. 그리고 내가 너무 오랫동안 캐물으면 어머니는 불안해하셨지.

아무튼 어머니에게 과거는 존재하지 않았네. 아버지도 자식도 없었고, 오직 솜을 푸는 일밖에 남아 있지 않았지.

다만 어머니의 머릿속에서 한 가지 불쑥불쑥 떠오르는 일이 있었네. 어머니가 살았던 여러 집들 가운데 한 집의 마지막 융자금을 마저 갚지 않았다는 사실이지. 얼마 안 되는 그 돈을 이제라도 벌어서 갚고 싶어 그랬을까?

우리 착한 누님은 어머니가 옆에 있어도 마치 그 자리에 없는 사람처럼 말하곤 했네. 예를 들면 이런 식이었지. 「네 어머니가 오늘은 식사를 아주 잘 하셨어.」「네 어머니가 오늘은 무척 힘들어하시더구나.」

어머니는 더는 솜을 풀 수 없게 되었을 때도 한동안 파란 핏줄이 선연한 앙상한 손을 무릎 위에 나란히 올려놓거나, 솜 푸는 행동의 여파인 듯 소파 위에서 몇 시간씩 손가락을 계속 움직였네. 게다가 이제는 어제와 내일도 구분하지 못했네. 둘 다 어머니에게는 그저 〈지금이 아닌〉 시간일 뿐이었지. 눈이 더 나빠져서 그런 것일까? 아니면 여전히 나쁜 귀신들한테 시달리고 있어서 그런 것일까? 어쨌든 어머니는 지금이 밤인지 낮인지 몰랐고, 잘 시간에 일어났고 말할 시간에 잤네.

어머니는 벽이나 가구를 잡으면 웬만큼 걸을 수 있었네. 그래서 모두가 잠든 밤중에 혼자 일어나 비틀비틀 소파로 걸어가 앉은 다음, 있지도 않은 솜을 푸는 시늉을 하거나 누군가 아는 사람을 위해 커피라도 끓여 주려는지 커피밀을 찾아 이리저리 한참을 뒤적거렸네.

잿빛 머리에는 밤에도 항상 검은 모자를 쓰셨지. 외출 채비라도 하는 것처럼. 자네 혹시 요술 같은 것 믿는가?

어머니는 마침내 자리에 누웠고, 모자를 벗기는데도 가만히 계신 모습을 보면서 나는 어머니가 다시는 일어나지 못할 거라는 생각이 들었네.

2

그날 저녁 나는 〈동방 박사〉 술집에서 자정까지 카드를 쳤고, 페일 에일 맥주를 넉 잔이나 마셔서 자리에 누우면 그대로 아침까지 곯아떨어질 것 같았네.

나는 최대한 조용히 옷을 벗고 침대에 누우려 했네. 괜히 자고 있는 식구를 깨워 잔소리를 듣고 싶지 않았던 거지.

그런데 한쪽 다리를 들고 양말을 벗다가 중심을 잃고 침실 협탁으로 쓰러지는 바람에 식구가 소스라치게 놀라며 잠에서 깼네.

「한밤중에 이게 무슨 짓이에요? 창피하지도 않아요?」 예상대로 식구의 잔소리가 시작되었네.

그때였네. 따르르릉, 조용한 집 안에 초인종 소리가 울려 퍼졌네. 식구는 벌떡 일어나 앉았네.

한밤중에 울리는 초인종 소리에는 무언가 엄숙한 분

위기가 담겨 있지.

우리는 떨리는 가슴으로 벨 소리가 잦아들 때까지 기다렸네. 나는 넘어진 상태 그대로 양손으로 오른발을 감싸 쥐고 있었네.

「오밤중에 무슨 일일까요?」 식구가 속삭였네. 「창문으로 한번 봐요. 당신은 아직 옷을 다 안 벗었잖아요.」

평소 같았으면 나는 식구의 잔소리에서 이렇게 쉽게 빠져나올 수 없었을 걸세. 그만큼 식구가 지금 초인종 소리에 잔뜩 긴장하고 있다는 뜻이지.

「당신이 내다보지 않으면 내가 직접 가요!」 식구가 나를 위협했네.

하지만 나는 이 초인종 소리가 무엇을 뜻하는지 내심 짐작하고 있었네. 그 일이 아니고서야 이 한밤중에 누가 초인종을 누르겠나?

우리 집 문 앞에 서 있던 한 그림자가 나를 보며, 자기는 오스카인데 어서 어머니한테 가봐야 한다고 소리쳤네. 오스카는 내 매형들 가운데 하나인데, 이런 일에는 절대 없어서는 안 될 사람이지.

나는 식구에게 사정을 간략하게 설명한 뒤 옷을 입고 문을 열었네.

「오늘 밤을 못 넘기실 것 같아.」 매형이 장담하듯 말했네. 「죽음과의 싸움이 시작됐어. 목도리 둘러. 날이 제법 차.」

나는 순순히 매형 말을 따르며 매형과 함께 밤길을 걸었네.

밖은 고요하고 환했네. 우리는 무슨 야근을 하러 가는 사람들처럼 종종걸음을 쳤네.

집에 도착하자 나는 자동으로 손을 뻗어 초인종을 누르려고 했네. 매형이 내 손을 재빨리 낚아채더니 지금 제정신이냐고 물으면서 우편함 뚜껑을 나직이 달그락거렸네.

매형의 딸인 조카딸이 문을 열어 주었네. 조카딸은 소리 없이 문을 닫더니 어서 올라가 보라고 손짓했네. 나는 매형을 따라 올라갔네. 모자는 이미 집에 들어설 때 벗었네. 평소 어머니 집에서는 하지 않는 행동이었지.

형님과 누이 셋, 그리고 위층 부인이 부엌에 모여 있었네. 그 옆이 어머니 방이었고, 어머니는 그 방에 누워 있었네. 거기 말고 어디에 누워 있겠는가?

사촌 누님인 늙은 수녀가 임종 방에서 소리 없이 부엌으로 나오더니 다시 들어갔네.

다들 질책하는 듯한 시선으로 나를 바라보았고, 그중 한 사람이 내게 중얼거리듯이 인사를 했네.

나는 서 있어야 할지, 앉아야 할지 결정을 내릴 수가 없었네.

가만히 서 있자니 금방 갈 사람처럼 보일 것 같고, 그렇다고 자리에 앉자니 현재 상황, 즉 어머니에게 일어난

이 일을 너무 태연하게 받아들이는 것처럼 보일 것 같아서였지. 하지만 다른 이들도 모두 앉아 있었기에 나도 의자를 갖고 와 등불의 사정 범위에서 약간 벗어난 곳에 혼자 떨어져 앉았네. 방 안에는 평소 볼 수 없던 팽팽한 긴장감이 흘렀네. 혹시 시계를 멈추어 놓아서 그런 걸까?

부엌은 정말 지랄 같이 더웠고, 여자들은 방금 양파를 한 바구니 깐 것처럼 눈이 퉁퉁 부어 있었네.

나는 무슨 말을 해야 할지 난감했네.

그렇다고 어머니 상태를 물을 수도 없었어. 얼마 남지 않았다는 건 다들 알고 있으니까.

우는 게 가장 좋겠지만 대체 어떻게 울어야 할까? 갑자기 흐느껴? 아니면 눈물이 나건 말건 손수건을 꺼내 눈을 닦는 시늉이라도 해야 할까?

빌어먹을 그 페일 에일의 영향이 그제야 나타나기 시작했네. 좁은 부엌의 열기 때문이었지. 온몸에서 땀이 콸콸 쏟아지기 시작했네.

나는 뭐라도 하려고 자리에서 일어났네. 그러자 의사인 형님이 말했지.

「그래, 가서 한번 보고 와.」

형님의 목소리는 너무 크지 않고 지극히 평범했네. 하지만 나의 이 한밤 행보가 이대로 가만히 앉아 있다가 끝나서는 안 된다는 사실을 나 자신에게 일깨울 만큼 충분히 컸네. 게다가 형님의 말을 따를 수밖에 없는 다른 사정도 있었네. 술기운에다 부엌의 열기와 긴장된 분위기까지 더해져 이대로 조금만 더 있다가는 속이 메슥거려 토할 것 같았기 때문이지. 물론 내가 토한다면 사람들은 급격한 심리적 충격 탓이라고 여길 수도 있겠지만, 내가 진짜로 토하기 시작한다면 어떤 일이 벌어질지 상상만 해도 끔찍했다네.

어머니 방은 의외로 서늘하고 어두웠네.

다행인지 불행인지, 협탁에 외롭게 켜져 있는 촛불은 높직한 침대 위의 어머니를 거의 비추지 못해서 나는 죽음과 사투를 벌이는 어머니의 모습 때문에 괴로워할 필요는 없었네. 침대 옆엔 사촌 수녀가 지키고 앉아 있었네.

내가 한동안 수녀 옆에 서 있는데, 형님이 들어와 테이블 위의 촛불을 횃불처럼 높이 치켜들고 어머니를 비추었네. 그러더니 무언가 의미심장한 것을 보았는지 부엌 문으로 가 모두에게 안으로 들어오라고 했네.

의자를 미는 소리가 들리는가 싶더니 곧 사람들이 들어왔네.

잠시 후 큰누님이 이젠 정말 다 끝났다고 말했지만, 사촌 수녀는 어머니가 아직 두 줄기 눈물을 흘리지 않았다고 반박했네. 그렇다면 하늘나라로 가기 위해선 두 줄기 진한 눈물을 흘려야 한다는 것일까?

어쨌든 그러고도 분명 한 시간은 더 지났을 걸세. 나는 여전히 술기운 때문에 골골한 상태였지. 그때 누군가 어머니가 돌아가셨다고 선언했네.

사람들의 말이 맞았네. 속으로 내가 어머니를 보고, 어서 일어나 어머니 특유의 그 무서운 미소를 지으며 저 인간들을 모조리 내쫓아 버리라고 아무리 애원해도 그런 일은 일어나지 않았던 것이지. 그래, 어머니는 죽은 자만이 할 수 있는 뻣뻣한 자세로 가만히 누워 계시기만 했네.

이후 일은 상당히 빨리 진행되었네. 그럼에도 어디 하나 특별히 잘못된 일은 없어 보였고, 나 같은 건 있으나 마나 한 것 같았네.

여자들이 합창으로 울기 시작하는데도 나는 함께 장단을 맞출 수 없었네. 그저 몹시 한기만 들었지.

이 사람들은 대체 어디서 이렇게 많은 눈물을 길어 올리는 것일까? 얼굴을 보면 이게 처음 흘리는 눈물이 아님은 금방 알 수 있었네. 다행히 형님은 울지 않았네. 다들 형님은 이런 상황에 익숙한 의사라고 생각해서 그런지 이해하고 넘어가는 눈치였지만, 그렇지 않은 내가 이렇게 덤덤한 것은 나로서도 참으로 곤혹스러운 일이 아닐 수 없었네.

나는 여자들을 껴안고 힘껏 손을 잡아 주는 것으로 이

런 상황을 모면하려고 했네. 그런데 희한한 것은 그러고 있으니 방금까지 살아 있던 어머니가 더는 여기 없다는 사실을 좀 더 선명하게 느낄 수 있었네.

누이들은 일제히 울음을 그치더니 물과 비누, 수건을 가져와 어머니를 씻기기 시작했네.

그새 나는 술이 완전히 깬 것 같았네. 이제 나도 최소한 남들만큼은 가슴이 저미는 것을 느낄 수 있었으니까.

나는 부엌에 앉아 기다렸네. 어머니를 씻기는 일이 끝나자 우리는 다시 어머니 침실로 불려 들어갔네.

짧은 시간 동안 누이들은 정말 대단한 일을 해냈네. 어머니가 살아생전 감자 껍질을 벗기거나 이불솜을 풀면서 미소를 지을 때보다 그때가 훨씬 좋아 보였기 때문이지.

사촌 수녀까지 흡족한 눈길로 침대 위의 어머니를 보면서 말했네.

「이모 참 곱다.」

사촌 수녀는 이런 일이 전공인 사람이었네. 리르에서 임종 수녀로 일하고 있었기 때문이지. 이런 수녀들은 젊어서부터 죽을 때까지 이런저런 환자에게 보내져 임종을 지키곤 하네.

얼마 후 조카딸이 커피를 끓여 왔네. 우리 집 여자들은 이제 정말 편히 커피 한잔을 즐겨도 될 만큼 충분한 일을 했네. 오스카는 자기 친구에게 장례를 맡겨도 되는지 물어보았네. 다른 업체들보다 일도 잘하고 가격도 저렴한 곳이라고 하더군.

「그렇게 해요, 오스카.」

큰누님은 비용 문제 따위엔 조금도 관심이 없다는 듯 피곤하게 손을 휘휘 내저으며 말했네.

이제 이 자리가 점점 끝을 향해 달려가고 있다는 생각이 들었지만, 가장 늦게 온 인간이 가장 먼저 일어나겠다고 차마 말할 용기는 나지 않았네.

누이 중 하나는 여전히 눈물을 몇 방울 흘리면서도 하품을 해댔네. 얼마 뒤 카렐 형님이 모자를 쓰더니 모두의 손을 다시 한 번씩 잡아 주고는 나갔네.

「나도 형님과 함께 가는 게 좋겠어.」

내가 말했네. 이게 아마 그날 처음 꺼낸 말이었을 걸세. 어쨌든 이 말은 내가 형님 때문에 간다는 인상을 줄 수 있었네. 생각해 보게. 형님이 아무리 의사라지만 이런 상황에서는 도움이나 위로가 필요하지 않겠나?

이렇게 해서 나도 집에서 나왔네.

내가 다시 우리 침실에서 한 발을 들고 양말을 벗은 것은 새벽 3시였네.

나는 너무 고단해서 침대에 풀썩 쓰러졌네. 식구에게 지금까지 있었던 일을 다 설명하려면 너무 오래 걸릴 것 같아 그냥 달라진 건 없다고 간단히 말하고 넘어갔네.

장례식에 대해선 별로 할 말이 없네. 어디서나 볼 수 있는 평범한 장례식이었으니까. 아마 거기서 반 스혼베커 씨만 만나지 않았다면 장례식은 언급할 필요조차 없거나, 아니면 어머니의 죽음만큼이나 간략하게 얘기하고 넘어갔을 걸세.

장례 관습대로 형님과 나, 매형들, 그리고 사촌 넷은 관을 나르기 전에 관 둘레에 반달 모양으로 서 있었네. 먼 일가친척과 친구, 지인들이 들어와 돌아가면서 우리에게 애도의 말을 전하거나 굳은 표정으로 우리 눈을 바라보며 악수를 청했네. 문상객이 많이 왔네. 아니, 내 생각엔 와도 와도 너무 많이 왔네. 그 때문에 장례식이 필요 이상으로 길어졌으니까.

형님과 나는 장례식 때만 한 번 입고 말 상복을 사지 않기로 했네. 대신 식구가 팔에 두르는 상장(喪章)을 만들어 주었네. 그런데 한심하게도 폭을 너무 넓게 만드는 바람에 걸핏하면 흘러내리지 뭔가! 그래서 서너 번 악수를 하고 나면 항상 상장을 다시 추켜올려야 했네. 그때도 그렇게 상장을 추켜올리고 있는데, 형님의 친구이자 고객인 반 스혼베커 씨가 왔네. 남들과 똑같이 행동하면서도 좀 더 기품 있고 겸손해 보이는 사람이었지. 한마디로 세련된 신식 양반임을 한눈에 알아볼 수 있었네.

스혼베커 씨는 교회와 공동묘지까지 따라왔고, 장례

가 끝났을 때는 형님과 같은 차에 올랐네. 나는 차 안에서 그를 소개받았는데, 그때 그 양반이 언제 시간 나면 자기 집에 한번 들르라고 하더군. 그래서 나는 그 말대로 했네.

3

나이 많은 변호사 반 스혼베커 씨는 유서 깊고 부유한 가문의 일원으로 이 도시에서 가장 아름다운 거리의 한 저택에 혼자 살고 있었네. 결혼하지 않은 독신남이지.

돈은 넘칠 만큼 충분한 사람이었네. 그 양반의 친구들도 마찬가지고. 친구라는 이들은 대부분 판사 아니면 변호사, 또는 전현직 사업가들이었는데, 이 모임에 참석하는 사람들은 하나같이 최소한 자동차 한 대는 갖고 있었네. 스혼베커 씨와 나, 그리고 내 형님만 빼고서. 물론 스혼베커 씨는 본인이 원하기만 하면 언제든 자동차를 뽑을 수 있었지. 친구들도 그 사실을 누구보다 잘 알고 있고. 그래서 친구들은 스혼베커 씨가 자동차를 사지 않는 걸 퍽 독특하다고 생각하면서 이렇게 말하곤 했네.

「참 개성이 강한 사람이야!」

형님 역시 나하고는 사정이 좀 다르네.

25

의사인 형님이 아직 자동차가 없다는 것은 사실 변명의 여지가 없네. 그것도 자전거를 타고 다님으로써 자동차가 필요하다는 인상을 확확 풍기기에 더더욱 그렇지. 그러나 우리처럼 볼품없는 인생들한테 의사는 성직자 다음으로 범접할 수 없는 존재들이네. 그러니 형님은 자동차가 없어도 〈의사〉라는 타이틀 하나만으로 남들에게 어느 정도 내세울 게 있지. 사실 돈이나 그럴듯한 타이틀이 없는 사람은 스혼베커 씨와 같은 부류에 낄 수가 없네.

스혼베커 씨는 자신의 모임에 누군가 낯선 손님을 데려오면 반가워하면서 모두에게 이 신입을 원래 신분보다 최소한 두 배는 더 과장해서 소개하네. 예를 들면 과장은 국장으로, 사복을 입은 대령은 장군으로 소개하는 식이지.

그런데 내 경우는 쉽지 않았네.

알다시피 나는 종합 해운 조선소 사무직 직원 아닌가? 스혼베커 씨 입장에서는 딱히 내세우거나 과장할 게 없는 족속이지. 사실 회사원은 거룩한 면이라고는 손톱만큼도 없네. 그저 이 세상에서 발가벗고 살아가는 인생들이지.

스혼베커 씨는 딱 2초 동안 고민하는 것 같더군. 결코 그보다 길지는 않았어. 그러더니 참석자들에게 그냥 조선소의 라르만스 씨라고 소개했네.

우리 회사 이름이 기억하기에는 너무 길다고 생각한 것 같았네. 게다가 너무 정확한 이름을 댔다가 괜히 웬만한 회사치고 모르는 사람이 없는 여기 어느 참석자에 의해 즉석에서 나의 사회적 시시함이 드러날까 봐 걱정했을 수도 있었을 걸세. 아무튼 스혼베커 씨는 나를 평범한 회사원으로 소개할 생각이 추호도 없었을 것이네. 그건 내게 사형 선고나 다름없는 일일 테니까. 생각해 보게. 그렇게 소개했을 경우 내가 사람들의 멸시 섞인 시선을 어떻게 견뎌 낼 수 있겠나? 그런 나를 위해 스혼베커 씨는 심장을 막아 주는 보호 장구를 제공한 걸세. 그것 말고 그가 날 위해 더 해줄 수 있는 것은 없었네.

「엔지니어시군요?」

내 옆에 앉아 있던 금니를 한 남자가 내게 물었네.

「감독관입니다.」

내 우군인 스혼베커 씨의 즉각적인 대답이었네. 그러니까 그는 알고 있었던 걸세. 〈엔지니어〉라는 타이틀이 그저 공짜로 생기는 것이 아님을. 그걸 받으려면 대학에서 특정 학문을 공부한 뒤 특수 학위를 따야 하네. 그래서 엔지니어는 과학기술적 지식이 아주 많지. 만일 내가 엔지니어라고 대답했다면 첫 대화에서부터 심각한 어려움에 빠졌을 수도 있었을 걸세.

그래서 나 역시 싱긋 웃기만 했네. 언젠가 때가 되면

드러나더라도 지금은 알려서 좋을 게 없는 비밀을 숨기고 있는 사람처럼.

그들은 내 양복을 몰래 훔쳐보는 듯했네. 다행히 내 양복은 새 것이었고, 이런 자리에 어울릴 만큼 꽤 괜찮았지. 이후 그들은 내게 더 이상 신경을 쓰지 않았네.

처음에 그 사람들은 이탈리아에 대해 이야기했네. 나는 한 번도 가보지 않은 땅이었네. 그래서 「미뇽의 노래」[1]에 등장했던 그 땅을 그들의 이야기와 함께 여행했네. 베네치아, 밀라노, 피렌체, 로마, 나폴리, 베수비오, 폼페이…… 물론 책으로는 이 도시들을 알고 있었지만, 내게 이탈리아는 잡을 수 없는 지도 위의 공허한 나라였을 뿐이네. 그래서 입을 다물고 있을 수밖에 없었지. 그런데 그곳의 뛰어난 예술에 관해서는 아무도 이야기를 안 하더군. 다만 이탈리아 여자들이 정말 아름답고 정열적이라는 데 대해선 다들 거품을 물더군.

이런 이야기도 질리자 이제 주택 소유주들의 어려운 상황에 대해 의견을 나누기 시작했네. 비어 있는 집들이 많고, 세입자들이 꼬박꼬박 월세를 내지 않는다며 다들 불평을 하더군. 순간 나는 반박하고 싶은 욕구가 목구멍

---

1 괴테의 소설 『빌헬름 마이스터의 수업 시대』에 삽입된 시로, 남쪽 나라 이탈리아를 동경했던 괴테의 마음이 담겨 있다 — 이하 모든 각주는 옮긴이주.

까지 치솟았네. 있지도 않은 내 세입자는 그렇지 않다고 반박하려고 했던 것이 아니라 나는 지금껏 한 번도 월세가 밀린 적이 없다고 말하고 싶었던 것이지. 하지만 그사이 화제는 벌써 자동차로 넘어가고 있었네. 4기통과 6기통이 어떻고, 정비소 요금, 벤진, 윤활유가 또 어떻고…… . 모두 내가 대화에 낄 수 없는 내용들이었네.

그게 끝나자 이젠 우리 사회에서 어깨에 힘 좀 주고 다닌다는 집안들에서 지난주에 어떤 일이 있었는지 쭉 개괄하는 시간이 이어졌네.

「헤버르스 씨 아들이 레흐렐러 씨 딸이랑 결혼했다면서요?」누군가가 말했네.

이건 새 소식을 전하려고 하는 말이 아니었네. 벌써 다들 알고 있는 눈치였으니까. 물론 신부와 신랑을 모르는 나만 빼고. 아무튼 이건 참석자들에게 찬반 의사를 물으려고 의사일정에 올려놓는 의제와 비슷했네. 그래서 참석자들은 양쪽 집안이 이 결혼에 얼마나 비슷하게 재산을 내놓았느냐에 따라 찬성과 반대 의사를 표했네.

그런데 모두 의견이 같아서 괜한 토론으로 시간을 낭비할 필요가 없었네. 가만히 보면 이 인간들은 늘 공통되는 생각만 내놓는 것 같았네.

「들라파유 씨가 상공 회의소 의장에서 사퇴했다면서요?」

나로서는 한 번도 들어보지 못한 이름이지만 이들은 이 남자의 존재뿐 아니라 사퇴 소식도 알고 있었고, 거기다 그의 진짜 사퇴 이유까지 각자 알고 있다고 믿는 듯했네. 공식적으로는 파산 사태 때문에 불만을 사서 사퇴하는 것으로 알려져 있지만, 실은 불가사의한 병을 앓고 있어서라거나, 아내나 딸을 둘러싼 스캔들 때문이라거나, 또는 그냥 그 자리가 싫증 나서 그만두는 것뿐이라고 주장하는 사람도 있었네.

　저녁 모임 대부분의 시간을 이런 〈사설 통신〉이 차지했는데, 나로서는 참으로 곤혹스러운 시간이 아닐 수 없었네. 그저 남들 애기에 고개를 끄덕거리지 않으면 따라 웃거나, 눈썹을 추켜올리며 놀라는 시늉밖에 할 게 없었기 때문이지.

　맞네. 난 거기만 가면 늘 불안 속에서 지내고, 어머니가 돌아가실 때보다 몇 배는 더 땀을 흘렸네. 어머니한테 그 일이 있던 날 내가 얼마나 힘들어했는지 자네도 알잖은가! 하지만 그건 하룻밤으로 끝난 일이었네. 반면에 스혼베커 씨의 집에서는 매주 새로운 고통이 시작될 뿐 아니라 그전에 땀을 한 바가지 쏟았다고 해서 앞으로 흘릴 땀의 양이 줄어드는 것도 아니었네.

　그 모임의 참석자들은 나의 친구 스혼베커 씨 집 말고는 나와 교류할 기회가 없었기에 내 이름을 정확히 기억하지 못했네. 그래서 처음엔 온갖 비슷한 이름만 내놓았네. 그렇다고 내가 매번 〈죄송하지만 제 이름은 라르만 스입니다〉라고 바로잡을 수도 없는 노릇이었기에 그들 역시 결국엔 내게 할 말이 있으면 스혼베커 씨를 먼저 보면서 〈당신 친구 말로는 자유주의자들이 이래저래 하다던데〉 하고 말을 꺼내 놓은 뒤에야 내 쪽으로 시선을 돌리곤 했네. 그러다 보니 내 이름을 굳이 거론할 필요가 없게 되었지. 그런데 그 사람들이 〈당신 친구〉라고 말한데에는 스혼베커 씨가 쓸데없이 친구를 늘리고 있다는 의미가 담겨 있기도 했네.

심지어 이 작자들은 내가 말을 하지 않는 것을 더 좋아하는 듯했네. 내가 말을 하면 자기들 중 누군가가 내 말에 상응해서 뭐라도 대꾸를 해줘야 한다고 생각했기 때문이지. 집주인에 대한 예의로 말일세. 어쨌든 그럴 경우 나를 상대하는 사람은 자신의 출생과 어린 시절, 대학, 결혼, 그리고 한 부문에서 거둔 자신의 출세에 대해 마지 못해 내게 읊어 주었네. 사실 그날 밤에는 다른 누군가의 장례식에 대해 이야기하고 싶었을 뿐이었는데 말이네.

레스토랑 이야기도 지겹도록 해댔네.

「지난주엔 디종의 트루아 페르드리 레스토랑에서 아내와 함께 도요새 요리를 먹었네.」 누군가 이런 말을 했는데, 나는 이 말을 들으면서 왜 굳이 아내와 함께 먹었

31

다는 사실을 밝히는지 이해할 수 없었네.

그러자 다른 누군가가 이렇게 받더군.

「그러니까 법적으로 맺은 배우자와 외도를 했다는 말이군. 이런 개구쟁이 같으니!」

그 뒤부터는 서로 경쟁적으로 레스토랑 이름을 나열하기 시작했네. 벨기에뿐 아니라 먼 타국의 레스토랑들까지.

나도 처음엔 레스토랑 이름을 하나라도 대는 것이 의무라고 생각했네. 이 모임에서 아직 그리 기가 죽어 있지 않을 때의 일이었는데, 마침 됭케르크의 한 레스토랑 이름도 떠오르지 않겠나? 몇 년 전에 초등학교 동창이 거기로 신혼여행을 갔다가 저녁 식사를 했다는 레스토랑이었지. 나는 그 레스토랑이 한 유명한 해적 이름과 같아서 잊지 않고 있었던 걸세.

어쨌든 나는 이 레스토랑 이름을 꺼낼 적절한 기회만 엿보고 있었네.

그런데 이제 이 인간들은 솔리유, 디종, 그르노블, 디뉴, 그라스에 있는 레스토랑들을 차례로 순례했네. 보아하니 이대로 니스와 몬테카를로까지 직행할 기세가 분명했네. 그렇다면 됭케르크의 레스토랑 이름을 꺼내기는 점점 어려워질 것 같았네. 생각해 보게. 이런 상황에서 됭케르크를 꺼낸다면 지중해 연안의 리비에라를 여행

하고 있는데 갑자기 네덜란드의 튈뷔르흐를 들먹이는 것만큼 뜬금없지 않겠나?

「믿든 말든 나는 지난주에 루앙의 비에유 오를로주 레스토랑에서 전채와 바닷가재 요리, 송로버섯을 곁들인 닭 반 마리, 거기다 디저트까지 모두 30프랑에 먹었네.」 누군가 갑자기 한 말이었네.

「혹시 통조림에 절여 놓은 일본산 바닷가재 아니던가?」 다른 사람이 물었네.

「송로버섯은 남자 전립선을 썰어 놓은 건 아니고?」

루앙은 됭케르크에서 멀지 않은 도시였네. 그렇다면 나로서는 놓쳐선 안 될 절호의 기회가 찾아온 셈이었지. 나는 말이 잠시 끊긴 틈을 이용해 득달같이 치고 들어갔네.

「됭케르크의 장 바르도 아주 근사한 레스토랑이죠.」

그런데 그렇게 열심히 준비했음에도 내 목소리는 스스로 덜컥 겁이 날 정도로 불안하게 떨리고 갈라졌네.

나는 눈을 내리깔고 반응을 기다렸네.

지난주에 거기 가서 직접 먹어 봤다고 얘기하지 않은 건 정말 천만다행이었네. 내 말에 바로 이어 누군가, 장 바르 레스토랑은 3년 전에 문을 닫았고 지금은 그 자리에 영화관이 들어서 있다고 말했기 때문이지.

역시 그랬네. 내가 말을 많이 할수록 그들은 내가 어떤 인간인지 더더욱 분명하게 확신하는 것 같았네. 내가

33

지금은 물론이고 앞으로도 영원히 자동차 같은 건 가질 수 없는 인간이라고 말일세. 결국 내겐 침묵이 금이었네. 그럴 수밖에 없었지. 그들이 나를 주시하기 시작하면서 스혼베커 씨가 어떻게 나 같은 인간을 이런 자리에 끌어들였는지 의아해하는 것 같았으니까. 스혼베커 씨를 통해 가끔 환자를 소개받는 내 형님이 아니었다면 나는 진작 이 모임에서 쫓겨났을 걸세.

모임이 거듭될수록 내 친구가 나를 좀 귀찮은 피보호자로 여기는 듯한 느낌이 점점 강해졌네. 더는 이대로 안 되겠다 싶었던지 스혼베커 씨는 마침내 지난 수요일 갑자기 내게 이렇게 물었네. 한 커다란 네덜란드 회사의 벨기에 지점을 맡아 볼 마음이 없느냐고. 상당히 적극적이고 진취적인 회사인데, 자신이 얼마 전 큰 송사에서 그 회사에 승리를 안겨 주었고, 자신의 추천만 있으면 내가 대리점 사업을 맡는 건 어렵지 않을 거라고 했네. 자신은 얼마든지 나를 추천할 용의가 있고, 돈도 필요 없다고 하면서.

「한번 깊이 생각해 봐요.」 스혼베커 씨가 충고했네. 「많은 돈을 벌 기회니까. 당신은 그럴 능력이 있는 사람이오.」

사실 이것은 무척 무책임한 말이었네. 내 스스로 어떤 능력이 있다고 확신하기 전에는 누구도 나한테 이런저런 능력이 있다고 말해서는 안 된다고 생각하니까. 하지만 다른 한편으로 보자면 참 고마운 일이기도 했네. 종합 해운 조선소에 다니는 일개 회사원을 당장 사업가로 만들어 준다는데, 그게 어디 흔한 기회인가? 그것도 아무 조건 없이 말이네. 그 말대로만 된다면 기고만장한 그 친구들의 콧대도 반은 꺾이지 않겠나? 내가 사업으로 벌 돈에 비하면 푼돈밖에 가진 게 없는 인간들일 테니까.

나는 그 네덜란드 회사가 어떤 사업을 하는지 물었네.

「치즈일세.」 내 친구가 답했네. 「망할 일이 없는 사업 이오. 돈이 있건 없건 그건 먹어야 하니까.」

4

집으로 오는 전차 안에서 나는 벌써 완전히 딴 사람이
된 듯한 기분이 들었네.

알다시피 나는 만으로 쉰이 코앞이네. 먹고살려고 30년
동안 남을 위해 일해 오면서 직장에서의 생존 습성이 내
몸 곳곳에 배어 있지.

사무직 직원은 겸손이 생활화된 사람이네. 저항과 단
결을 무기로 고용주에게 어느 정도 존중을 받는 노동자
보다 훨씬 자존감이 낮다고 해야 할 거야. 심지어 러시아
에서는 노동자들이 세상의 주인이 되었다고 하지 않는
가! 실제로 그렇다면 노동자들은 충분히 그럴 자격이 있
다고 생각하네. 피의 대가로 얻은 결과니까. 하지만 사무
직은 어떤가? 전문성도 없고 서로 무척 비슷비슷하기만
하네. 그래서 수십 년 동안 부려 먹은 쉰 살 먹은 사무직
도 하루아침에 뻥 차버리고, 마찬가지로 일 잘하면서도

훨씬 싸게 먹히는 젊은 사람을 그 자리에 앉힐 수 있지.

나는 먹여 살릴 처자식이 있었기에 낯선 사람과 다툼을 벌이는 것도 되도록 피하면서 살아왔네. 혹시라도 그 사람이 내 직장 상사와 아는 사이일 수도 있지 않은가? 그래서 복잡한 전차 안에서도 사람들이 밀면 밀리는 대로 밀려갔고, 누군가 발을 밟아도 그저 그런가 보다 하고 살았네.

그런데 이렇게 사는 것이 갑자기 그날 저녁부터 하찮게 느껴지기 시작했네. 그럴 법도 하지 않겠나? 치즈의 꿈이 막 이루어지려고 하고 있었으니까.

나는 벌써 시선부터 예전과 달리 자신감에 넘치는 것을 스스로 느꼈네. 심지어 바지 주머니에 두 손을 찔러 넣을 때도 반 시간 전에는 없던 건들거림이 묻어났네.

집에 도착하자 나는 평소 하던 대로 식탁에 앉아 식사를 했네. 내 앞날에 새로 열린 가능성에 대해서는 일언반구도 하지 않고서. 식구가 평소 하던 대로 아주 아껴 가면서 버터를 바르고 빵을 자르는 걸 보면서는 속으로 웃음이 터져 나왔네. 하긴 내일이면 한 사업가의 안사람이 될 수도 있다는 것을 어찌 짐작이나 하겠나?

나는 여느 때처럼 식사를 했네. 더 많이 먹지도 덜 적게 먹지도 않았고, 더 급하게 더 천천히 먹지도 않았네. 간단히 말해서 지난 수십 년 동안 종합 해운 조선소에서 보낸 노예 생활이 앞으로도 몇 년 더 연장되는 것에 만족하고 사는 사람처럼 먹었다는 말일세.

그런데 식구가 갑자기 무슨 일이냐고 물었네.

「무슨 일이라니? 무슨 일이 있어야 하나?」

나는 이렇게 반문하고는 아이들의 숙제를 봐주었네.

과거분사형에서 어설픈 실수를 발견한 나는 활기차면서도 다정하게 수정해 주었네. 그러자 아들은 어쩐 일인가 싶어 놀란 눈으로 나를 쳐다보더군.

「뭘 그렇게 쳐다봐, 얀?」 내가 물었네.

「아뇨, 아무것도 아니에요.」 아들은 공모자의 시선으로 제 어미를 흘낏 바라보더니 웃더군.

그러니까 아들은 벌써 나한테서 평소와 다른 점을 눈치챈 것 같았네. 나는 항상 감정을 능숙하게 숨길 수 있다고 생각해 왔는데 아니었던 모양일세. 아무튼 그런 기술이 없다면 이제부터라도 익혀야겠지. 사업을 하려면 감정을 숨기는 기술도 반드시 필요할 테니까. 만약 내 감정이 한 권의 펼쳐진 책처럼 얼굴에 고스란히 드러났다면 아마 〈사설 통신〉 모임 자리에서 간혹 그 인간들을 쳐죽이고 싶은 살해 욕구가 얼굴에 드러났을지 모르네.

진지한 문제를 상의하기에는 부부 침실만 한 곳이 없을 걸세. 거기라면 일단 식구와 단둘이 있을 수 있고, 이불이 목소리의 울림을 어느 정도 가라앉히고, 어둠이 생각을 좀 깊게 하고, 게다가 서로의 얼굴을 볼 수 없어 어느 쪽도 상대의 감정에 영향받을 일이 없기 때문이지. 그래서 평소엔 터놓을 용기가 없는 얘기도 침대 속이라면 털어놓을 수가 있지. 이렇게 해서 내가 오른쪽에 편히 누워 처음 얼마간은 침묵하다가 마침내 입을 열어 어쩌면 사업가가 될지 모르겠다고 얘기한 것도 침대 속이었네.

식구는 지금껏 살아오면서 별것도 아닌 시시껄렁한 비밀만 내게서 들어 왔던지라, 처음에 그냥 한 번 더 묻고 나더니 입을 다물고 상세한 설명을 기다렸네. 나는 차분하고도 명확하게, 아니 벌써 사업가라도 된 듯 비즈니스적인 말투로 설명했네. 이렇게 해서 5분 뒤에는 식구도 스혼베커 씨의 친구 그룹에 대해 일반적인 정보를 들었고, 그 작자들이 알게 모르게 나를 얕잡아 본다는 사실과 스혼베커 씨가 뜻하지 않게 내게 사업을 제안했다는 것을 알게 되었네.

식구는 동태를 살피는 생쥐처럼 유심히 내 말에 귀를 기울였네. 헛기침도 없었고 몸을 돌리지도 않았네. 이윽고 내 이야기가 끝나자 아내는 앞으로 어쩔 생각인지, 만일 사업을 하게 되면 종합 해운 조선소를 그만둘 것인지 묻더군.

「암.」 나는 별 생각 없이 대답했네. 「그래야지. 여기선 사무직으로 일하고 저기선 자기 사업을 한다는 게 말이 되겠어? 이런 일은 남자답게 결단을 내려야지.」

식구는 잠시 침묵 끝에 다시 물었네.

「저녁에 하는 건 어때요?」

「저녁엔 어둡잖아.」

내 대답에 식구는 마음이 상한 모양이었네. 침대 삐걱
거리는 소리와 함께 홱 돌아누웠으니까. 이대로 내 사업
계획을 뭉개고 앉아 나를 질식시켜 죽이겠다는 심산 같
더군. 결국 내가 먼저 손을 내밀 수밖에 없었지.

「저녁에 하라니, 그게 무슨 뜻이야?」 내가 딱딱거렸네.

「저녁에 사업을 하라고요.」 식구는 단호하게 말했네.
「그런데 무슨 사업이래요?」

그제야 나는 치즈 사업이라고 고백했네. 이상한 일이
지만, 나는 이 품목이 좀 혐오스럽고 하찮게 여겨졌네.
그래서 다른 품목, 예를 들어 네덜란드에서 많이 생산되
는 꽃이나 전구로 사업을 하게 되면 얼마나 좋을까, 하는
생각도 얼핏 했네. 치즈에 비하면 청어도 괜찮을 것 같았
네. 물론 말린 것이어야 하지만. 아무튼 무엇이건 치즈보
다는 더 열심히 팔 수 있을 것 같았네. 하지만 무르데익
지방 저편의 그 회사가 나를 위해 업종을 바꿀 수는 없지
않겠나? 가당치 않은 일이지.

「좀 이상한 품목이지. 당신 생각도 그렇지 않아?」 내
가 물었네.

그러나 식구는 결코 그렇게 생각하지 않는 듯했네.

「망할 염려는 없겠네요.」

식구는 스혼베커 씨와 똑같은 말을 했네.

이 말에 나는 한껏 기세가 올라 내일 회사에 출근하자마자 이따위 회사는 당장 집어치워 버리겠다고 호기롭게 소리친 다음, 사무실에 들러 동료들과 작별 인사를 하겠다고 말했네.

「그전에 정말 대리점 사업을 할 수 있는지 네덜란드 회사에 문의부터 해봐야죠.」 아내의 말이었네. 「그런 다음 당신이 하고 싶은 대로 해도 늦지 않아요. 당신은 지금 꼭 뭔가에 씐 사람 같아요.」

마지막 말은 사업에 나선 남자에겐 지극히 경망스러운 말이었지만, 그 자체만 놓고 보면 귀담아들을 만했던 건 사실이네. 게다가 내가 당장 회사를 때려치울 것처럼 말은 했지만, 그렇게 바로 실행에 옮길 만큼 무모한 사람이 아니라는 건 알아줬으면 좋겠네. 그럴 수가 없는 일이지. 처자식이 있는 사람은 남들보다 몇 배는 더 신중해야 하는 법이니까.

이튿날 나는 내 친구 스혼베커 씨를 찾아가 그 회사의 이름과 주소, 그리고 짧은 추천서를 부탁했네. 그리고 그날 저녁에 바로 제대로 형식을 갖춰 비즈니스 편지를 쓴 뒤 우체국으로 직접 갖고 가 암스테르담으로 부쳤네.

이렇게 중요한 건 타인에게 맡길 수 없지 않겠나? 설사 내 자식이라고 하더라도 말일세.

답신이 왔네. 그것도 덜컥 겁이 날 정도로 빨리. 전보로 온 답신 내용은 이랬네. 〈내일 오전 11시 암스테르담 본사에서 기다리겠습니다. 여행 경비는 우리 쪽에서 지불하겠습니다.〉

이제 필요한 건 내일 회사에 출근을 하지 않아도 될 핑곗거리를 찾는 일이었네. 식구는 일가친척의 초상을 핑계로 대라고 했네. 하지만 그건 별로 마음에 들지 않았네. 바로 얼마 전에도 어머니 장례로 벌써 하루를 쉬었기 때문이지. 이런 상황에서 아무개 사촌이 죽었다는 핑계는 잘 먹힐 것 같지 않았고, 설사 먹힌다고 해도 온종일 회사를 빠질 수는 없을 것 같았네.

「그럼 아프다고 해요.」 식구가 말했네. 「오늘 회사에 가면 미리 몸이 안 좋은 것처럼 굴어요. 때마침 요즘 감기가 돌고 있잖아요.」

그날 나는 사무실에서 하루 종일 머리를 감싸 쥐고 앉아 있었네. 이젠 내일 암스테르담으로 가는 일만 남았네. 호른스트라사와의 첫 대면을 위해.

5

치즈의 꿈이 영화처럼 눈앞에서 스르르 펼쳐지기 시작했네. 호른스트라 씨는 나를 벨기에와 룩셈부르크 대공국을 총괄하는 총지점장에 임명했네. 그가 나에게 사용한 명칭은 〈공식 대리인〉이었는데, 나는 그 말뜻을 완전히 이해하지는 못했네. 아무튼 호른스트라 씨는 내게 무게를 좀 더 실어 주려고 룩셈부르크까지 얹혀 주었네. 룩셈부르크는 안트베르펜에서 꽤 떨어져 있지만, 기회를 봐서 이 산악 지대의 나라도 꼭 한번 가볼 생각이네. 그러면 나중에 스혼베커 씨의 모임에 가서 에히터나흐나 디키르히, 비안덴 같은 룩셈부르크 지역의 레스토랑 이름을 대면서 그 오만한 작자들의 코를 납작하게 해줄 수 있지 않겠나?

짧지만 유쾌한 여행이었네. 호른스트라사에서 여행 경비를 일체 지급한다고 했기에 나는 3등석 대신 2등석

표를 끊었네. 그런데 나중에 알게 된 일이지만 회사에서는 1등석을 예상하고 있었다고 하더군. 게다가 이미 늦었지만 이런 생각도 퍼뜩 들었네. 실제로는 3등석으로 와놓고 2등석으로 왔다고 거짓말을 해서 차액을 주머니에 챙겼어도 충분했을 거라는 거지. 하지만 그건 옳지 않은 일이었네. 특히 사업상 첫 대면을 앞둔 상태에서는.

나는 어찌나 흥분했던지 열차 좌석에 5분도 진득하게 앉아 있을 수 없었네. 그러다 세관원이 신고할 게 없느냐고 물었을 때는 쾌활하게 바로 대답했네. 「당연히 없죠!」 그러자 세관원은 〈당연히 없다〉라는 말은 대답이 될 수 없고, 그냥 〈예〉 또는 〈아니요〉로 대답해야 한다고 말했네. 순간 나는 네덜란드 사람들한테는 이런 것을 조심해야 한다는 사실을 즉각 깨달았네. 그건 호른스트라 씨를 만나서도 입증되었네. 그 역시 쓸데없는 말은 한마디도 하지 않았으니까. 나는 30분 만에 일을 모두 끝내고 경비를 지급받은 뒤 계약서를 주머니에 챙겨 넣고 다시 거리로 나왔네. 계약 성사에는 스혼베커 씨의 편지가 결정적인 역할을 했네. 내가 열을 올리며 나의 타고난 사업가 천성에 대해 이야기할 때는 눈 하나 깜박하지 않던 사람이 그 편지를 읽고는, 매상을 얼마나 올릴 수 있을 거라 생각하느냐고 단도직입적으로 물었기 때문이지.

어려운 질문이었네. 벨기에에서 네덜란드 치즈의 연간

소비량은 얼마나 될까? 그 전체 소비량 중에서 나는 몇 퍼센트를 차지할 수 있을까? 전혀 감이 잡히지 않았네. 게다가 매상을 올린다는 것이 과연 쉽기나 한 일일까?

종합 해운 조선소에서의 수십 년간 경험도 이 질문에는 아무 도움이 되지 않았네. 하지만 정확한 수치를 대는 것은 바람직하지 않을 거라는 직감이 들었네.

「시작은 작게 하는 것이 좋습니다.」 마침내 호른스트라 씨가 말했네. 내가 충분히 숙고했다고 생각한 것이지. 「다음 주에 새로 특허를 받은 고(高)지방 에담 치즈 20톤을 보내겠습니다. 이후에는 판매가 되는 대로 부족분을 채워 드리죠.」

이 말끝에 그는 서명을 하라며 내 앞에 계약서를 내밀었네. 거기엔 이런 내용이 적혀 있었지. 나는 호른스트라 사의 대리점주로서 매달 고정 급료로 300굴덴을, 그리고 판매 수수료로 판매 대금의 5퍼센트를 받고, 거기다 여행 경비까지 따로 지급받는다는 내용이었네.

내가 서명을 끝내자 호른스트라 씨는 벨을 누르고는 자리에서 일어나 악수를 청했네. 그런데 내가 사무실을 나가기도 전에 벌써 다른 방문자가 내가 앉았던 자리에 앉더군.

밖으로 나가자마자 나는 정말 뛸 듯이 기뻤네. 그래서 파우스트가 불렀던 〈나를 너희 욕정의 대상으로 삼아

라, 나를 너희 정부(情夫)로 삼아라!)²는 기쁨의 노래가
내 입에서 자동으로 튀어나오지 않도록 무던히 애를 써
야 했네.

한 달에 300굴덴이라니! 내가 종합 해운 조선소에서
받는 월급의 두 배가 넘는 금액이었네. 더구나 내 임금은
이미 오래전에 최고치에 달해서 몇 년 전부터는 단계별
로 깎이고 있었지. 우리 회사에서는 임금이 0에서 100까
지 올라갔다가 최고점에 이르면 다시 100에서 0으로 내
려오는 제도를 운영하고 있거든.

게다가 여행 경비까지 따로 지급한다니! 나는 걸어가
는 길의 끄트머리에 도착하기도 전에 퍼뜩 이런 생각이
들었네. 잘하면 앞으로 우리 가족 휴가도 호른스트라사
의 비용으로 갈 수 있겠구나! 디낭이나 라 로슈로 휴가
를 가서 실태 조사랍시고 저녁에 치즈 가게에 들르면 되
지 않겠나?

암스테르담에 대한 기억이라고는 그날 그곳에 갔다는
기억 말고는 남아 있는 게 거의 없네. 본 것도 얼마 없지
만 그조차 몽롱한 상태에서 인지했기 때문이지. 나중에
듣기로 거긴 자전거 타는 사람들이 무척 많고, 엽궐련 상
점도 많으며, 칼베르 거리는 몹시 길고 좁고 활기차다고
하더군. 암스테르담까지 갔으니 그곳의 레스토랑에 들

2 구노Gounod의 가극 「파우스트」에 나오는 대사.

46

러 식사라도 할 법한데, 나는 그런 시간조차 아까워 아무 기차나 가장 먼저 온 걸 집어타고 벨기에로 향했네. 한시라도 빨리 내 식구, 그리고 스혼베커 씨와 이 행복을 함께 나누고 싶어서였지.

집으로의 여행은 끝나지 않을 것처럼 길게 느껴졌네. 열차 객실에 함께 탄 승객 중 최소한 두 사람은 사업가가 분명해 보였네. 서류에 푹 빠져 있었기 때문이지. 심지어 한 사람은 서류 가장자리에 금빛 만년필로 메모를 하기도 했네. 나도 이제 저런 만년필이 하나 필요할 것 같았네. 생각해 보게. 고객들의 점포에서 주문을 적을 때마다 펜과 잉크를 빌려 달라고 할 수는 없지 않겠나? 암, 그럴 수는 없지!

이 남자가 지금 치즈 사업 관계로 여행을 하고 있을 가능성도 배제할 수 없었네. 그래서 나는 위쪽 그물에 놓인 그의 손가방을 흘낏 올려다보았네. 하지만 그것만 갖고는 내 짐작의 사실 여부를 확인할 수 없었네.

세련되게 차려입은 신사였네. 고급 아마천 양복, 비단 양말, 거기다 금빛 코안경까지 걸치고 있었지. 치즈 사업가일까, 아닐까?

안트베르펜까지 침묵하고 가는 건 불가능했네. 가슴이 터질 것만 같았으니까. 아무 말이라도 해야 했네. 아니면 노래라도 부르든가. 하지만 기차에서는 노래를 부를 수 없었기에 나는 기차가 로테르담에 정차한 틈을 타, 벨기에의 경제 상황이 약간 개선되고 있는 것 같다고 말했네.

그 신사는 나를 뚫어져라 바라보았네. 마치 내 얼굴 위에서 곱하기 계산이라도 하는 것처럼. 그러더니 내가 모르는 언어를 한마디 툭 내뱉더군. 결국 나는 포기했네. 아무리 사업가라도 말이 안 통하는 사람과 무슨 이야기를 나누겠는가?

아무튼 그날은 우연히 수요일이었고, 나는 5시쯤 도착했네. 정말 기가 막히게 딱 맞아떨어졌지. 스혼베커 씨 집에서 매주 열리는 모임이 5시 반경에 시작했으니 말일세. 나는 발걸음도 신나게 그 집으로 향했네. 그 모임의 인간들에게 나의 출세를 알리기엔 지금만큼 좋은 기회는 없을 것 같았지.

아, 어머니가 이 기쁜 소식을 듣지 못하고 돌아가신 것이 얼마나 아쉬운지!

스혼베커 씨도 자기 모임에 참석하는 친구가 평범한 직장인의 외피를 벗어던질 수 있게 되어 한결 마음이 편할 걸세.

도중에 나는 치즈 가게 앞에 걸음을 멈추고 서서 진열창 안을 감탄 어린 눈길로 바라보았네. 거기엔 수많은 백열전구 불빛 아래 다양한 모양과 다양한 원산지의 크고 작은 치즈들이 나란히 또는 위아래로 빼곡히 진열되어 있었네. 이웃 나라에서 들여온 치즈들이 모두 여기 한자리에 집결해 있었던 걸세.

맷돌만 한 그뤼예르 치즈를 밑받침 삼아 그 위에 체스터 치즈와 하우다 치즈, 에담 치즈, 그리고 내가 모르는 수많은 종류의 치즈들이 놓여 있었네. 특히 그중에서 몇몇 커다란 치즈는 배가 갈라진 채 내장을 훤히 드러내고 있었네. 그밖에 로크포르 치즈와 고르곤졸라 치즈는 노골적으로 내비친 녹색 곰팡이 속살 때문에 약간 외설스러워 보였고, 한 무리의 카망베르 치즈 속에서는 고름 같은 것이 진득하게 배어나는 듯했네.

가게 안에서는 치즈 특유의 고약한 냄새가 새어 나왔지만, 한동안 그러고 서 있으니 냄새가 줄어드는 것 같았네.

나는 악취를 피하지 않고 고스란히 다 들이마시기로 했네. 그러다 더 이상 지체하다가는 모임에 늦을 것 같을 때 자리를 뜨기로 마음먹었네. 무릇 사업가라면 북극 탐험가처럼 강인해야 한다고 믿으니까.

「그래, 풍길 수 있을 만큼 실컷 악취를 풍겨 봐!」

내가 진열창의 치즈들을 보며 도전적으로 말했네. 채찍이 있다면 악취를 더 풍기라고 치즈들의 몸뚱이를 찰싹찰싹 때려 주고 싶을 정도였지.

「그렇죠, 정말 견디기 힘든 냄새죠.」

내 옆에 서 있던 한 부인이 대답했네. 언제 다가왔는지 나는 눈치조차 채지 못하고 있었지.

어쨌든 길거리에서 이렇게 혼잣말로 떠들면서 생각하는 버릇도 이제는 고쳐야 할 것 같았네. 그럴 때마다 사람들이 깜짝 놀라며 나를 슬금슬금 피했기 때문이지. 익명의 회사원에게는 대수롭지 않은 일일지 몰라도 사업가에게는 어울리지 않는 일일 테니까.

나는 이제 내 친구 스혼베커 씨의 집으로 급히 달려갔네. 그는 내 성공에 축하를 보내면서 나를 마치 처음 온 사람처럼 참석자들에게 다시 소개했네.

「식품 사업을 하는 라르만스 씨입니다.」

스혼베커 씨는 이렇게 말하고 나서 사람들의 잔을 채워 주었네.

스혼베커 씨가 왜 치즈라고 콕 집어 말하지 않고 〈식품〉이라고 두루뭉술하게 말했을까? 그도 나처럼 치즈라는 품목에 약간의 혐오감을 품고 있는 듯했네.

하지만 나로서는 이 혐오감을 최대한 빨리 뛰어넘어야 했네. 사업가는 자신의 상품과 친숙해지는 것을 넘어 상품과 하나가 되어야 하기 때문이지. 사업가는 상품과 함께 살아가야 하고, 상품과 함께 악착같이 나아가야 하고, 상품의 냄새까지 맡아야 하네. 치즈의 경우는 냄새 맡는 것이 그리 어렵지 않을 테지만, 나는 이 말을 실제

로 냄새를 맡으라는 뜻으로 사용한 것이 아니라 비유적
인 의미로 사용했다는 점을 알아줬으면 좋겠네.

모든 점을 고려해 볼 때 치즈는 고약한 냄새만 제외하
면 고결한 상품이네. 자네도 그리 생각하지 않는가? 수
백 년 전부터 공장식으로 생산되어 온 치즈는 우리의 형
제 민족인 네덜란드 사람들에게 부의 중요한 원천이었
지. 게다가 남녀노소 할 것 없이 모두에게 영양가 풍부한
음식으로 이용되어 왔고. 인간이 먹는 식품에는 자연스
럽게 어떤 사회적 존경 같은 게 따르게 되어 있네. 유대
인들이 자신들의 음식에 축복을 내리는 것도 그 때문일
걸세. 그렇다면 기독교인이라고 해서 치즈를 먹기 전에
기도를 올리지 말아야 할 이유가 있을까?

화학 비료를 판매하는 사업가들은 한탄할 게 훨씬 더
많을 걸세. 생선 찌꺼기를 파는 사람이나 포유류, 뱀장어
내장을 파는 사람들은 말할 것도 없고. 하지만 이런 물
건들도 인류에게 마지막 서비스를 하게 될 그날까지 판
매될 걸세.

스혼베커 씨의 모임에 규칙적으로 오는 손님 가운데
엔 사업가도 여럿 있었네. 그중에는 곡물 사업을 하는 사
람도 둘 있었지. 그걸 어떻게 아느냐고? 자기들 입으로
자랑스럽게 얘기하니까 아는 거지. 그렇다면 치즈가 왜
곡물보다 못해야 하나? 나는 그 인간들의 이런 선입견을

빠른 시간 안에 깨버릴 걸세. 결국 힘은 돈에서 나오는 것 아니겠나? 돈을 많이 버는 사람의 목소리에 힘이 실리게 되어 있지. 그런 면에서 내 미래는 아주 밝았고, 나는 치즈에 모든 걸 바치기로 단단히 결심했네.

「라르만스 씨, 이리 앉으시지요.」

그전까지 내게 가장 퉁명스럽게 대하던 사람이 자기 옆자리를 가리키며 말했네. 금니를 한 참석자가 아니라 세련된 대머리 남자였네. 이 남자는 말을 아주 잘했는데, 심지어 내가 진저리를 치는 그 〈사설 통신〉 시간에도 재치 있는 말로 좌중을 웃기곤 했네.

그가 내게 즉시 자리를 만들어 준 것과 함께 나는 이제 처음으로 이들 모임에 정식으로 끼게 되었네. 그전에는 늘 긴 테이블 끝의 한구석에 처박혀 있었으니까. 그래서 사람들은 몸을 거의 180도로 돌리지 않는 이상 나를 볼 수 없었네. 다들 집주인에 대한 예의로 스혼베커 씨 쪽으로 비스듬히 앉아 있었기 때문이지.

게다가 그렇게 앉은 채 내가 엄지손가락을 조끼 주머니에 꽂고 다른 손가락들로 행진곡 리듬에 맞추어 내 배를 두드린 것도 처음 있는 일이었네. 마치 세상일을 다 꿰뚫어 보는 여유로운 사람처럼 말일세. 스혼베커 씨는 그런 나를 보고 만족스럽게 웃어 주었네.

참석자들이 화제를 즉시 〈사업〉으로 돌린 것도 내 존

재를 배려하기 시작했다는 증거였네.

나는 말을 많이 하지 않았네. 그냥 쓸 만한 말 몇 마디만 툭 던졌지. 예를 들면 이런 식이었지.

「식품이야 안 먹고 살 수가 없죠.」

모두들 내 말에 동의하는 눈치였네.

그뿐이 아니었네. 누군가 내 개인적인 동의를 구하는 듯한 표정으로 나를 바라보는 일도 여러 번 있었네. 그럴 때면 나는 늘 힘차게 고개를 끄덕거려 주었네. 사업가라면 의당 사람들에게 너그러워야 하지 않겠나? 하지만 이들의 잡담에 매번 찬성해 줄 수는 없는 노릇이어서 나는 이따금 〈그건 좀 더 두고 볼 일이지요〉 하고 툭 던지기도 했네. 그러면 그전까지 자기 말에 대해 어떤 반박도 참지 못하던 사람도 약간 비굴한 태도로 〈물론이죠〉 하고 대답하고는 별 탈 없이 위기에서 벗어난 것을 기뻐하는 눈치였네.

이날 하루의 성과는 이 정도면 충분하다는 생각이 들었을 때 나는 갑자기 이렇게 말했네.

「이제 레스토랑 얘기를 해보는 건 어떨까요? 이번 주엔 다들 어디서 멋진 식사들을 하셨는지?」

이 순간이 절정이었네. 다들 나를 감사의 마음으로 바라보았으니까. 그러니까 그들은 내가 제왕의 위엄 서린 몸짓으로 자신들이 가장 좋아하는 테마로 가는 길을 열어 준 것에 진정으로 감사하고 있었던 걸세.

지금까지 나는 늘 맨 마지막으로 일어나 그 집을 떠났네. 남들보다 먼저 일어남으로써 좌중의 화기애애한 분위기를 깰 엄두가 나지 않았기 때문이지. 게다가 다들 가고 나면 나는 스혼베커 씨와 단둘이 남은 기회를 이용해서 속내를 터놓거나, 저녁 모임 중에 내가 했던 몇 안 되는 행동과 말에 대해 사죄하거나, 아니면 내가 말하거나 행동했어야 했는데 하지 않았던 모든 것에 대해 용서를 구하곤 했네. 하지만 이날은 달랐네. 나는 시계를 보고 깜짝 놀라는 시늉을 하면서 큰 소리로 말했네.

「이런, 벌써 7시 15분이군. 먼저 일어나겠습니다. 좋은 시간들 보내십시오. 그럼 이만.」

나는 이렇게 말하고는 마치 급한 볼일이 있는 사람처럼 테이블을 사뿐사뿐 돌며 사람들과 악수한 뒤 그 자리를 떠났네.

현관까지 배웅 나온 스혼베커 씨는 다정하게 내 등을 톡톡 두드리며 오늘 아주 멋있었다고 말했네.

「대단히 인상적이었소.」 스혼베커 씨가 확언했네. 「치즈 사업이 큰 성공을 거두길 빌어요.」

우리 둘만 있는 그 자리에서야 그는 내 사업 품목을 정확히 치즈라고 말했네. 아까 집 안에서는 그냥 식품이라고 말하던 사람이 말일세.

맞네. 치즈는 그냥 치즈네. 내가 만일 중세의 기사였다면 교차된 검 두 개 옆에 치즈를 세 개 그린 문장을 사용했을 것이네.

6

　식구에게는 새 소식을 즉각 알려 주지 않고 뜸을 들였네. 내 만찬이 끝날 때까지 참고 기다리라는 뜻이었지. 그렇다네. 이제부터 나는 식사를 한 것이 아니라 조찬과 오찬과 만찬을 들었네. 식구는 좋은 아내요 모범적인 엄마지만, 이런 일들, 그러니까 사회적 격식과는 거리가 좀 먼 사람이네. 또한 고백하자면 나는 식구를 자극해서 눈물을 쏙 빼게 하고 싶은 유혹을 이기지 못할 때가 더러 있었네. 식구의 눈물을 보면 내 마음이 한결 풀렸거든. 그러니까 식구는 내 사회적 열등감에 대한 분노를 쏟아낼 수 있는 배출구였던 셈이네. 나는 회사원으로서의 내 노예 상태를 식구에게 마지막으로 한 번 더 제대로 느끼게 해주려고 마음먹었네.

　때문에 나는 계속 침묵하면서 만찬을 들었고, 이윽고 식구도 더는 참지 못하고 성질을 부렸네. 물론 나한테가 아니라 그릇한테. 그래도 반응이 없자 마침내 식구의 눈에 눈물이 어른거렸고, 곧이어 식구는 눈물을 감추려고 얼른 부엌으로 내뺐네. 나는 집 안에서 가끔 연출되는 이런 극적인 분위기를 무척 좋아했지.

이제 나도 슬그머니 부엌으로 들어갔네. 암탉 꽁무니를 쫓는 수탉처럼 말일세. 나는 실내화를 찾는 척하면서 불쑥 입을 열었네.

「치즈 일이 어떻게 됐는지 알고 있어?」

이 말은 곧 식구가 그것을 무조건 알고 있어야 한다는 뜻이었네.

식구는 대답하지 않고 그릇과 냄비로 요란한 음악 소리를 내며 설거지를 하더군. 그제야 나는 파이프 담배를 꾹꾹 채우며 암스테르담에서 무슨 일이 있었는지 천천히 얘기해 주었네. 실제보다 훨씬 미화해서. 심지어 나는 노련한 수법으로 호른스트라 씨를 속여 넘겨 아주 유리한 조건으로 계약을 맺었다고 말하기도 했네.

「자, 여기 계약서 있으니까 읽어 봐.」

나는 식구에게 서류를 건넸네. 그러면서 머릿속으로는 벌써 다음 그림을 예상하고 있었네. 원래 네덜란드어를 잘 못하는 식구가 이런 격식화된 네덜란드어에 기겁하는 것은 물론이고, 계약서에 난무하는 상업 용어들 때문에 머리를 싸매고 난처해하는 모습이었지.

식구는 손에 묻은 물기를 닦고 나더니 서류를 받아 거실로 가 앉았네.

종합 해운 조선소에서 이런 유의 서류를 수없이 타이핑해 온 나에게 이 계약서의 내용을 파악하는 것은 어린애 장난이나 마찬가지였네. 하지만 나는 일부러 할 일이 있는 사람처럼 미적거리며 부엌에서 나가지 않았네. 이런 서류를 작성하고 파악하는 것이 집 안 청소나 설거지 따위와는 얼마나 차원이 다른 일인지 몸소 느껴 보라는 뜻이었지.

「어때? 내가 계약을 잘한 것 같지 않아?」

몇 분 뒤 내가 부엌에서 물었네.

대답이 없자 나는 거실로 빠끔 내다보았지. 식구가 계약서를 읽다가 잠이 든 건 아닌지 확인하려고.

식구는 자지 않았네. 아니, 서류에다 얼굴을 박고는 한 줄도 놓치지 않겠다는 듯이 집게손가락으로 한 자 한 자 꼼꼼히 짚어 가며 읽고 있었네. 그러더니 어느 지점에서 손가락이 딱 멈추었네.

그런데 사실 이 서류는 무슨 베르사유 조약도 아니고, 식구가 저렇게까지 심혈을 기울여 읽을 만큼 어렵지도 복잡하지도 않았네. 그저 내가 치즈를 판 대가로 판매 대금의 5퍼센트를 수수료로 챙기고, 거기다 월 300굴덴까지 받는 것이 전부였네.

나는 라디오로 가서 채널을 돌렸네. 때마침 벨기에 국가가 흘러나왔네. 마치 내게 경의를 표하려고 기다렸다는 듯이.

「라디오 좀 꺼요. 정신 사나워서 글을 못 읽겠네.」식구가 말했네.

그러더니 바로 얼마 뒤, 왜 그 사람들이 언제든 해지할 수 있도록 계약을 맺었느냐고 물었네.

이게 내 식구라는 사람이네. 어떤 상황에서든 치즈를 치즈라고 곧이곧대로 부를 수 있는 사람이지.

「언제든 계약을 해지할 수 있다니?」

나는 자존심이 상해 되물었네.

식구는 손가락으로 계약서 맨 마지막의 9조를 가리켰고, 나는 소리 내어 읽었네.

「호른스트라 씨를 대신해서 추진되는 라르만스 씨의 사업이 라르만스 씨 본인의 사정으로건, 호른스트라 씨의 발의로건 종료될 시에 전자는 어떤 형태의 배상뿐 아니라 추가적인 급료에 대한 청구권이 없다. 왜냐하면 월마다 지급되는 금액은 봉급이 아니라 일정 기간 판매된 상품에 대한 수수료를 미리 지불하는 형태이기 때문이다.」

빌어먹을! 이건 그리 간단한 문제가 아니었네. 식구가 이 대목에서 그렇게 오래 머물렀던 이유를 그제야 이해할 수 있었네.

암스테르담 본사에서도, 그리고 나중에 기차를 타고 올 때도 나는 이 조항을 읽었지만 너무 들떠 있던 상태라 그 본래의 뜻을 충분히 새기지 못했던 걸세.

「〈호른스트라 씨의 발의〉라는 게 무슨 뜻이죠?」

식구가 물었네. 나를 아프게 하는 자리를 여전히 손가락으로 짚은 채로.

발의란 식구가 이해하지 못하는 여러 단어들 가운데 하나였네. 식구에겐 발의건 연관성이건 객관성이건 모두 똑같은 단어였네. 자네라면 그게 무슨 뜻이라고 설명하겠나?

나는 그저 이렇게 답하고 말았네.

「발의가 발의지 뭐야.」

그사이 나는 식구의 어깨 너머로 해당 조항을 다시 한번 찬찬히 읽어 보았네. 식구의 말이 옳았네. 게다가 호른스트라 씨의 입장도 이해가 되었네. 생각해 보게. 일정 기간 안에 만족할 만큼 치즈를 팔아 주지 못하는 사람한테 2000년까지 마냥 자기 상품을 맡겨 놓을 수는 없지 않겠나? 이걸 깨닫는 순간 나는 창피해서 어쩔 줄 몰랐네.

「발의는 뭔가 의견을 낸다는 뜻이에요, 엄마.」

교과서를 들여다보고 있던 얀이 고개도 들지 않고 소리쳤네. 열여섯 살밖에 안 된 철부지 녀석이 묻지도 않았는데 어른들 이야기에 끼어들어 이렇게 함부로 주둥이를 놀리다니, 너무하다고 생각하지 않나?

아무튼 나는 식구에게 이렇게 설명했네.

「당신은 내가 위탁 판매용 상품을 정상적인 기간 안에 팔지도 못하면서 언제까지 그렇게 높은 급료를 받을 수 있다고 생각해? 그건 부도덕한 짓이지!」

위탁 판매와 부도덕이라는 말도 식구가 잘 모를 거라고 확신하면서도 내가 굳이 이 단어들을 사용한 것은 미리 기를 죽이려는 심산이었네.

「게다가 걱정할 게 뭐 있어? 장사만 잘되면 호른스트라 씨는 나보고 영원히 자기 물건을 팔아 달라고 매달릴 텐데. 더구나 양쪽 다 계약 파기를 가능하게 해놓은 상호성의 원칙도 나쁘진 않아. 내가 장사를 잘하면 호른스트라 씨의 경쟁업체 중 한 곳에서 예전보다 훨씬 좋은 조건으로 나를 끌어들이려고 할지 누가 알겠어?」

이렇게 말하면서 나는 속으로, 이마에 피도 안 마른 아들 녀석이 또 위탁 판매가 뭔지, 부도덕과 상호성이 무슨 뜻인지 이러쿵저러쿵 설명하고 나서면 어쩌나 하고 생각했네.

식구는 내게 계약서를 돌려주며 말했네.

「그래요, 치즈가 팔리지 않을 이유는 없을 거예요. 누구나 먹긴 먹어야 하니까요.」식구가 나를 위로했네. 「이젠 정말 열심히 일하셔야 해요. 하지만 그래도 제가 당신

이라면 좀 더 신중하게 결정하겠어요. 때 되면 또박또박
월급 나오는 회사만큼 안전한 데가 어디 있겠어요?」
  나는 하나 마나 한 빤한 소리라고 생각했네.

7

우리의 마지막 침대 회의 결과, 내가 조선소를 그만두지 않은 상태에서 치즈 사업을 하기로 결론이 났네. 필요한 건 의사 아주버님께서 마련해 주실 수 있을 거라고 식구가 말했네. 그러니까 내가 병가를 받을 수 있도록 형님한테 진단서를 끊어 달라고 부탁하라는 걸세. 병이 나으려면 3개월가량 푹 쉬어야 한다면서. 모두 식구의 머리에서 나온 생각이네.

나는 사실 이 계획이 별로 내키지 않았네. 이런 경우에는 죽이 되건 밥이 되건 양단간에 결정을 내려 하나에 집중해야 한다는 것이 내 생각이었지.

젠장! 치즈 사업을 하려면 그것 하나만 하든지, 아니면 하지 말든지 해야지, 미리 도망칠 구멍부터 만들어 놓으면 무슨 진전이 있겠나? 나는 배수의 진을 치고 돌진해야 한다고 생각하네.

하지만 내가 뭘 어쩌겠나? 식구가 아이들까지 끌어들여 의견을 물었는데, 아이들이 모두 제 엄마 편만 드는 걸. 앞으로 사업을 하다 보면 피곤한 일이 한둘이 아닐 텐데 그것도 모자라 집에까지 와서 식구하고 아이들한테 시달릴 생각을 하니, 이쯤에서 내가 져주는 것이 가정의 화평을 위해 좋을 것 같다는 생각이 들었네.

나는 곧 이 문제를 두고 형님과 상의했네.

나보다 열두 살이 많은 형님은 아버지 어머니가 돌아가신 뒤로 그 역할을 대신 맡으셨네.

12년이라는 나이 차이는 결코 극복할 수 없었네. 내가 코흘리개일 때 형님은 벌써 어른이었고, 세월이 지난 뒤에도 그 차이는 여전히 유효했지. 형님은 언제나 나를 보호하고 야단치고 격려하고 내게 충고하셨네. 마치 내가 아직도 골목에서 구슬치기나 하던 코흘리개인 것처럼 말일세. 형님은 부지런하고 불같은 분이시네. 거기다 열정과 의무감이 넘치고, 운명에 만족하는 스타일이지. 형님이 실제로 아침부터 저녁까지 환자들을 보러 다니는지는 모르겠네. 다만 하루 종일 자전거를 타고 도시 곳곳을 누비시는 건 분명하네. 그 와중에 매일 정오 무렵 우리 집에 폭풍처럼 잠깐 들르곤 하시지. 내 식구가 요리를 하고 있는 부엌으로 발소리를 쿵쿵 울리며 들어가서는 무슨 요리를 하는지 확인하려고 냄비 뚜껑을 열어 보며 코를 킁킁대고, 그다음에는 큰아버지라고 하면 끔벅 넘어가는 내 두 아이들과 야단스럽게 환영 인사를 나누고, 우리 가족의 건강을 물어보고, 각종 질환에 대한 약품 샘플을 건네고, 그러고는 물을 한 잔 마신 뒤 바로 일어나신다네. 이 모든 게 정말 일사천리로 이어지지.

그런 형님에게 치즈 사건의 전반부조차 막힘없이 이야기하는 것은 무척 힘들었네. 형님은 느긋하게 듣고 있지를 못하고 걸핏하면 내 말을 중단시키면서 그때마다 자신이 나를 위해 무엇을 해줄 수 있는지만 알고 싶어 했기 때문이지.

직장에서의 내 자리가 위험해질 수도 있다는 이야기를 듣는 순간, 표정을 숨길 줄 모르는 형님의 얼굴에 엄중한 빛이 피어올랐네.

「얘야, 이거 심각한 문제구나. 정말 심각한 문제야!」

형님은 갑자기 나를 혼자 베란다에 내버려 두고는 부엌으로 뚜벅뚜벅 걸어갔네.

「제수씨, 저 녀석이 정말 장사에 소질이 있다고 생각합니까?」

부엌에서 형님이 식구한테 묻는 소리였네.

「제 말이요.」 식구의 대답이었네. 「저이도 그걸 알아야 하는데.」

「심각한 문제군.」 형님이 나한테 했던 말을 반복했네.

「저도 저이한테 똑같은 말을 했어요.」

나한테 똑같은 말을 했다고? 자기가? 저 여자를 당장 창문 밖으로 던져 버리고 싶은 마음이 들지 않는가?

하지만 그사이 나는 꼬리 내린 강아지처럼 완전히 기가 죽어 있었네. 그래서 소극적인 항의의 표시로 라디오라도 켜볼까 싶어 거실로 나가려는데 형님이 다시 베란다로 걸어왔네.

「내가 너라면 좀 더 심사숙고해 보겠구나, 애야.」

그제야 나는 형님한테 회사에서 3개월짜리 병가를 얻을 생각이라는 이야기를 하는 데 성공했네. 그 전까지 벌써 네 번이나 그 이야기를 꺼내려고 했음에도 형님이 번번이 틈을 주지 않았기 때문이지.

형님은 여러 질병 이름들을 죽 나열하더니 그중에서 적당한 것을 고르라고 했네. 그러더니 이렇게 설명하더군. 본인 생각으로는 신경증이 가장 나을 듯하다. 신경증은 자유롭게 나다녀도 되기 때문에 혹시 상사가 밖에서 나를 보더라도 별 의심을 하지 않을 것이다. 그리고 신경증 환자에 대해서는 사람들의 기피증이 없다. 반면에 폐병 환자라고 하면 나중에 조선소로 다시 돌아가더라도 사람들이 페스트균처럼 피할 것이다. 형님은 이렇게 말하면서 치즈 광산에서 노다지를 캐는 일은 일시적인 외도일 뿐이고, 나중에 내가 다시 회사로 돌아가게 될 거라고 확신한다고 하셨네.

곧이어 형님은 진단서를 끊어 주었네.

「물론 다시 돌아갈 거라는 건 네가 더 잘 알고 있겠지만.」

형님은 다시 한 번 고개를 흔들면서 말했네.

하지만 형님의 전망과는 달리 나는 이미 다른 사람으로 변해 있었네.

출근해도 이젠 회사가 집처럼 편하게 느껴지지 않았고, 기계와 선박 건조에 관한 서류를 타이핑할 때도 내 머릿속에는 며칠 후 여기 도착하게 될 고지방 에담 치즈가 어른거렸네. 그러다 보니 서류를 작성하다가 숫돌이나 철판 대신 치즈라고 쓰지 않을까 내심 불안해하기도 했네.

그럼에도 첫날에는 용기가 없어 헨리 사장님의 방문을 두드리지 못하고 결국 진단서를 도로 집으로 갖고 올 수밖에 없었네. 하지만 이대로 계속 미룰 수는 없었네. 지금 벨기에로 내려오고 있는 치즈들이 줄곧 뒤에서 나를 떠밀고 있는 느낌이었으니까. 결국 나는 싫든 좋든 등이 떠밀려 물속으로 뛰어들 수밖에 없는 개와 같은 처지였네.

결국 다음 날 아침 나는 하머르 씨의 방을 노크했네. 공식적으로는 우리 회사 재무 책임자였지만, 실제로는 헨리 사장님의 압도적인 신임을 받아도 될 만큼 회사 모든 일에 관여하는 만능 재주꾼이었네. 솔직히, 말이 통하는 사람이기도 했고. 어쨌든 하머르 씨가 상대의 말을 듣는 태도는 특이했네. 의자 팔걸이에 팔꿈치를 대고 오른 귀에 한 손을 올린 채 상대를 쳐다보지도 않고 경청하다가 가끔 고개를 흔들기 시작하지.

나는 진단서를 보여 주며 충고를 구했네. 하머르 씨가 무엇보다 충고를 좋아한다는 사실을 잘 알고 있기 때문이지. 그는 의사처럼 매일 상담 시간을 가졌고, 이렇게 상담을 할 때마다 누구도 부정할 수 없는 우월성을 스스로 즐기는 듯했네.

하머르 씨는 마치 이런 진단서 뒷면에는 뭔가 비밀이라도 숨겨져 있는 것처럼 서류를 뒤집더니 한동안 깊이 생각하다가 마침내 이렇게 말했네. 요즘 조선소에는 일이 그리 많지 않다. 그런 상황에서 사무직 직원이 석 달 동안 없는데도 회사가 잘 돌아간다면 그건 내게 위험한 신호일 수 있다. 게다가 아픈 사람에게 급료를 지불하는 것에 여러모로 거부감이 생길 수 있다. 그래서 말인데, 만일 내가 무급으로 병가를 얻을 준비가 되어 있다면 굳이 그 사실을 사장님한테까지 알릴 필요는 없다고 본다. 보나 마나 사장님은 종합 해운 조선소가 병원도 아니고, 연금 공단은 더더욱 아니라고 말할 것이기 때문이다. 만일 내가 무급으로 떠난다면 그에 대한 책임은 자신이 모두 지고, 내실에는 일절 알리지 않겠다고 했네.

여기서 〈내실〉은 사장실을 말하네. 하머르 씨와 수석 엔지니어 외에는 아무도 들어갈 수 없는 곳이지. 일반 직원이 내실로 불려 가면 나올 때는 대개 얼굴이 시뻘개져서 나오는데, 그런 일이 세 번 정도 반복되면 대개 해고가 그다음 예정 수순이네.

「사장님은 당신이 없는 걸 눈치채지 못할 겁니다.」

하머르 씨가 말했네.

그럴 가능성이 높았지. 작년에 이런 일이 있었거든. 하머르 씨가 휴가를 가는 바람에 내가 가장 연차가 높은 사무직 직원으로 하머르 씨 대신 서류를 수령하러 내실에 갔을 때 사장님은 내 이름조차 모르고 있지 않겠나? 처음에는 습관적으로 나를 하머르 씨라고 부르더니 그다음부터는 아예 나를 부르지도 않더군.

나는 하머르 씨의 제안을 두고 식구와 함께 깊은 고민에 빠졌네. 그 결과 모든 측면을 고려할 때 그게 가장 이상적인 해결책이라는 데 의견 일치를 보았네. 이 제안을 받아들임으로써 나는 다시 한 번 내가 정당하지 않은 임금으로 내 손을 더럽힐 사람이 아님을 입증하게 되었네.

내 진단서는 하머르 씨가 챙겨 두었네. 혹시 나중에라도 이 일이 사장님 귀에 들어가게 되면 자신의 결정을 변호할 근거로 사용하기 위해서였지. 아무튼 이렇게 해서 나는 동료들과 작별 인사를 나눌 필요가 없었네. 돌아올 사람하고 무슨 작별 인사를 나누겠나? 하머르 씨는 내가 돌아올 거라고 철석같이 믿는 것 같았네. 내가 건강을 되찾게 되면 말일세. 이 착한 양반은 자신이 남의 꾀에 넘어갔고, 결과적으로 내 재산을 불리는 일에 적극 가담했다는 사실을 눈치채지 못했네. 나중에 나는 근사한 선물을 해서라도 지금의 일에 사례하기로 굳게 마음먹었네.

이제 내 앞에는 치즈의 세계가 활짝 열려 있었네.

8

사업가가 사무실을 마련하는 것은 곧 엄마가 될 젊은
임신부가 서랍 딸린 기저귀대를 장만하는 것과 비슷하네.

나는 첫 애가 태어났을 때를 선명하게 기억하네. 당시
식구는 고단한 일과를 마친 뒤에도 밤늦게까지 등불 옆
에 앉아 바느질을 했는데, 가끔 등이 결려 잠시 쉴 때만
빼면 쉴 새 없이 바느질하던 모습이 지금도 눈에 생생하
네. 식구의 그 모습에는 무언가 엄숙한 것이 담겨 있는
듯했네. 마치 세상에 홀로 서서 좌고우면하지 않고 자기
길을 걷는 사람 같다고 할까! 내 첫 번째 치즈의 날이 밝
았을 때도 그와 똑같은 감정이 엄습했네.

나는 새벽같이 일어났네. 식구가 날 보고 미쳤다고 할
만큼.

「새 빗자루가 잘 쓸리네요.」

식구가 말했네.

나는 먼저 사무실을 집에 마련해야 할지, 시내에 따로 얻어야 할지부터 결정해야 했네.

식구는 굳이 돈 들여 사무실을 얻을 필요가 있겠느냐고 했네. 하긴 추가로 월세를 낭비할 이유가 어디 있겠나? 게다가 집에 전화를 놓으면 온 가족이 함께 이용할 수도 있었지.

우리는 사무실을 어디다 둘지 집 안을 꼼꼼히 살폈네. 선택은 부엌 위, 욕실 옆의 작은 방으로 정해졌네. 목욕을 하려면 사무실을 지나가야 하는 단점이 있기는 했네. 그것도 가끔 파자마 차림으로 말일세. 하지만 그런 일은 대개 토요일 오후나 일요일에 일어났네. 내 사무실의 공식적인 성격이 끝난 뒤의 일이지. 그때부터 사무실은 중립 지대가 되고, 식구들이 거기서 자수를 놓건 카드놀이를 하건 나는 상관없네. 단 서류는 건드리지 않는다는 조건하에서. 서류를 건드리는 건 사업가로선 참을 수 없는 일이지.

이 방에는 사냥과 낚시 장면을 묘사한 풍경 벽지가 붙어 있었네. 처음에 나는 벽지를 바꿀 계획이었네. 꽃과 같은 무늬가 일절 없는 근엄하고 단조로운 벽지로 말일세. 그런 다음 잡아 뜯는 일일 달력과 네덜란드 치즈 생산 지역을 표시한 지도 외에는 아무것도 벽에 걸지 않을 생각이었네. 그런 지도를 걸 생각을 했던 것은 바로 얼마 전에 보르도를 중심으로 포도 재배 지역을 특이한 색깔로 표시한 지도를 보았기 때문이지. 포도 재배 지도가 있다면 치즈 생산 지역을 표시한 지도라고 없을 이유가 있겠나? 그런데 식구는 벽지를 당장 교체할 필요는 없다고 했네. 내 사업이 자리 잡은 뒤에, 그러니까 식구 말대로 표현하자면 〈장사가 좀 잘된 뒤에〉 해도 늦지 않다는 거지. 결국 나는 옛 벽지를 당분간 그대로 쓸 수밖에 없었네.

하지만 우겨서라도 내 뜻을 관철하는 것이 더 나았을 걸세. 생각해 보게. 이 치즈호의 선장이 누군가? 내 식구인가, 나인가?

벽지는 나중에라도 반드시 치울 것이네. 내 마음 깊은 곳에서는 벌써 이 벽지에 사형 선고가 내려져 있었기 때문이지. 무릇 사업가라면 세상이 완전히 뒤집혀도 자기 뜻대로 밀고 나가야 하지 않겠나?

아무튼 이제는 사무실에 필요한 물건들을 장만해야 했네. 외교관 책상, 편지지, 타자기, 전보 주소, 서류철 말고도 구입해야 할 물건은 정말 끔찍할 정도로 많았네. 사흘가량 뒤에 남쪽으로 여행에 나서게 될 치즈 20톤을 생각하면 한시도 미적거릴 여유가 없었네. 치즈가 도착하면 모든 것이 준비되어 있어야 했으니까. 전화기는 따르릉 울릴 준비를, 타자기는 딱딱 종이를 때릴 준비를, 서류철은 찰칵찰칵 서류를 채울 준비를 하고 있어야 한다는 말이지. 거기다 이 모든 것의 중심에는 당연히 내가 앉아 있네. 모든 것을 움직이는 뇌가 바로 나니까.

그런데 편지지 문제부터 한나절이나 내 골머리를 썩였네. 편지지에 단순히 〈프랑스 라르망스〉라고 내 이름을 새겨 넣는 것이 아니라 현대적인 사명(社名)을 박아 넣어야 한다는 것이 내 기본 입장이었기 때문이지. 사실 편지지에 내 이름을 쓰는 것은 좋지 않았네. 내가 치즈 사업을 한다는 사실이 헨리 사장님의 귀에 들어갈 수도 있지 않겠나? 그래서 혹시 내가 거기 구내식당에 치즈를 공급하려고 종합 해운 조선소에 들어가는 경우를 제외하고 그 회사에 더는 발을 들여놓지 않을 거라는 확신이 들기 전까지는 내 치즈 사업이 회사에 알려지지 않는 것이 좋았네.

나는 회사 이름을 짓는 것이 이렇게 어려우리라고는 짐작조차 못했네. 하지만 나보다 똑똑하지 못한 수십만 명의 사람들도 이미 그런 어려움을 극복한 것을 생각하면 내가 해내지 못할 일도 아니라는 생각이 들었네.

그런데 기존의 회사 이름들을 보면 너무 평범하거나 어디선가 들어 본 것 같은 느낌이 들었네. 그러니까 상투적인 이름 말고는 새로운 것을 만들어 내지 못했다는 말이지. 그렇다면 신선한 이름은 어디서 가져올 수 있을까? 나는 창조의 어려움에 휩싸였네. 무에서 새로운 것을 마술처럼 불러내야 했기 때문이지.

나는 일단 〈치즈 상회〉라는 단순한 이름부터 시작해 보았네.

그런데 이 사명은 내 이름이 그 밑에 들어가지 않으면 너무 불분명해 보였네. 생각해 보게. 〈치즈 상회, 페르뒤 선 가 170번지, 안트베르펜〉. 이렇게 쓰면 뭔가 숨기는 것이 있거나 치즈 속에 벌레라도 있는 것 같은 의심을 불러일으키지 않겠나?

그다음 떠오른 것이 〈치즈 종합 상사〉였네.

훨씬 나아 보였네. 하지만 모국어로 이름을 짓는 것은 너무 노골적이라 여겨질 정도로 분명할 뿐 아니라 좀 밋밋한 느낌까지 들지 않는가? 게다가 앞서 말했듯이 나는 〈치즈〉라는 말 자체를 좋아하지 않네.

그래서 치즈 종합 상사를 프랑스어로 옮겨 보았네. 〈코메르스 제네랄 드 프로마주〉. 한결 기품 있어 보였네. 특히 프로마주는 〈치즈〉라는 말보다 치즈 냄새가 훨씬 덜 났네.

여기다 〈네덜란드〉를 뜻하는 〈올랑데〉를 붙이면 어떨까? 〈코메르스 제네랄 드 프로마주 올랑데〉. 또 한발 더 나아간 느낌이었네. 이로써 나는 그뤼예르 치즈와 체스터 치즈를 찾는 많은 사람들과 선을 긋고, 에담 치즈만 판다는 점을 사명에서 밝힌 셈이지. 하지만 〈상사〉를 뜻하는 〈코메르스〉라는 말이 썩 마음에 들지는 않았네.

그래서 이렇게 바꾸어 보았네. 〈앙트르프리즈 제네랄 드 프로마주 올랑데〉.

어감이 괜찮았네. 하지만 문제가 있었네. 〈앙트르프리즈〉라는 말에는 원래 뭔가를 감행한다는 뜻이 담겨 있는데, 사실 나는 감행할 것이 아무것도 없었네. 그저 치즈를 창고에 쌓아 두고 팔기만 하면 되는 거니까.

그럼 창고를 뜻하는 〈앙트르포〉로 바꾸면 어떨까? 〈앙트르포 제네로 드 프로마주 올랑데〉.

하지만 이것도 문제가 있었네. 내 사업에서 창고에 물건을 쌓아 두는 것은 부수적인 일에 불과하니까. 게다가 창고 적재도 내가 직접 하지는 않을 걸세. 치즈를 내 집에 보관하고 싶은 마음은 추호도 없으니까. 아마 그랬다가는 이웃들의 항의가 빗발칠 걸세. 그렇다면 외부 창고를 이용할 수밖에 없네.

내 사업의 핵심이자 목표는 판매네. 다시 말해 호른스트라 씨가 말한 〈매상〉을 올리는 일이지.

영국인들은 매상을 〈트레이딩〉이라고 부르네. 멋진 단어이지 않은가?

그렇다면 내가 예전에 다녔던 종합 해운 조선소처럼 영어식 이름을 만들지 못할 이유가 있을까? 더구나 영국은 상업 면에서 세계적인 명성을 자랑하는 나라가 아닌가?

〈제너럴 치즈 트레이딩 컴퍼니〉.

이제 빛이 보이기 시작하면서 곧 목표에 도달할 거라는 느낌이 들었네.

〈안트베르펜 치즈 트레이딩 컴퍼니〉 또는 〈제너럴 에담 치즈 트레이딩 컴퍼니〉?

그런데 치즈가 회사 이름 안에 들어 있는 한 어떤 이름도 가슴에 확 와 닿지 않았네. 그렇다면 치즈를 다른 것으로 대체해야 했네. 식품? 유제품? 혹시 다른 비슷한 말이 있을까?

〈제너럴 안트베르펜 피딩 프로닥츠 어소시에이션 General Antwerp Feeding Products Association〉?

그래, 바로 이거였네! 첫 글자를 따면 〈가프파Gafpa〉인데 아주 간명하면서도 산뜻했네. 벌써 이런 그림들이 그려졌네. 신사분, 치즈를 사시려고요? 그럼 가프파 치즈로 가세요! 부인, 아직 가프파 치즈 맛을 못 보셨군요. 한번 빠지면 헤어 나오기 어렵죠! 서두르세요, 부인. 그러지 않으면 가프파 치즈를 살 수 없어요. 지난번에 배송되어 온 가프파 치즈가 거의 떨어져 가거든요.

나중에는 가프파 치즈에서 〈치즈〉라는 말이 저절로 떨어져 나가면서 〈가프파〉라는 말 자체가 고지방 에담 치즈와 동의어가 될 걸세. 나는 아침 식사로 브뢰첸 빵 하나와 가프파 한 조각을 먹었네. 치즈 사업을 하는 사람이라면 그 정도 성의는 보여야 하지 않겠나?

가프파 치즈 뒤에 프랑스 라르만스가 숨어 있다는 사실을 아는 사람은 없을 걸세. 내 가족과 형님, 그리고 내 친구 스혼베커 씨만 빼고서 말이네. 나는 스혼베커 씨에게 내 회사 이름을 즉시 전화로 알려 주었네. 전화가 무사히 개통된 데다 전화 그 자체가 벌써 하나의 성공을 의미했기 때문이지.

집에 전화가 놓이자 아들 얀은 같은 반 친구들에게 돌아가며 전화를 했네. 용건이 있어서가 아니라 그냥 재미로 하는 전화였지. 나는 차례가 올 때까지 기다려야 했네. 첫날에는 아들의 그런 행동을 못 본 척 넘어가 주었네. 좀스러운 인간으로 비치고 싶지는 않았거든. 그런데 스혼베커 씨는 처음 내 전화를 받고는 회사 이름을 제대로 알아듣지 못했네. 〈가스파르〉라고 이야기하는 줄 알았던 걸세. 금니를 한 친구의 이름이 가스파르거든. 아무튼 그건 수요일에 만나서 따로 얘기할 걸세. 이어 나는 통화가 잘된다고 하면서 내 전화번호를 알려 주었네. 스혼베커 씨는 늘 하던 대로 축하 인사를 건네더니, 혹시 기회가 되면 에담 치즈 샘플을 갖다 줄 수 있는지 물었네. 나는 당연히 갖다 줄 걸세. 선물까지 준비해서. 시간이 나는 대로 스혼베커 씨와 하머르 씨에게는 아주 근사한 선물을 할 생각이네.

가프파를 내 전보 주소로 사용할 수 없게 된 것은 참으로 유감스런 일이었네. 〈가펠스&파렐스〉라는 회사가 그 이름을 이미 자기들 주소로 등록해 놓았던 걸세. 할 수 없이 나는 다른 이름들 사이에서 고민에 빠졌네. 치즈맨, 치즈라운드, 치즈트레이더, 치즈트러스트, 라르마치즈, 치즈프랑스…… 선택의 폭은 크지 않았네. 최대한 알파벳 열 개까지만 사용할 수 있었기 때문이지. 게다가 모든 이름이 하나같이 마음에 안 들었네. 그래서 마지막엔 가프파Gafpa를 거꾸로 뒤집은 아프파그Apfag를 등록하기로 마음먹었네. 하지만 이것도 하마터면 못 쓸 뻔했네. 끝의 〈g〉만 빠진 〈아프파〉가 이미 등록되어 있었기 때문이지. 〈아소시아숑 프로페쇼넬 데 파브리캉 오토모빌〉이라는 단체였는데, 이름을 보아 하니 치즈와는 전혀 상관없는 곳이었네.

이젠 회사 공식 편지지를 인쇄소에 맡겼네. 인쇄가 끝나면 바로 호른스트라 씨에게 편지를 쓸 생각이었지. 화물을 서둘러 보내 달라고 편지를 쓰는 것은 아니었네. 사무실 정리가 끝나려면 아직 한참 더 있어야 했으니까. 편지를 쓰려는 건 그저 내 편지지를 보여 주기 위해서였네.

식구는 바쁘게 일하는 나를 흐뭇하게 지켜보았네. 본인 자신이 빈둥거리는 것을 견디지 못하고 늘 무슨 일이라도 해야 하는 사람이어서 더더욱 그랬을 걸세.

나는 식구가 행복해하는 것을 느꼈네.

식구는 내가 사무실에 있는데 욕실에 가야 할 때면 늘 실례의 말을 하고 지나갔네. 사무실은 나의 영토였기 때문이지. 예를 들어 식구는 이렇게 말했네. 〈비누가 또 떨어졌네요〉 또는 〈따뜻한 물만 얼른 가져갈게요. 스웨터를 빨아야 해서요〉.

그럴 때마다 나는 자애롭게 웃으며 이렇게 대답하지.

「맘껏 쓰시게.」

그런데 이 말은 빠뜨리고 싶지 않네. 식구가 내 사무실에 존경심을 표하듯, 나 역시 식구의 영토인 부엌에 존경심을 품고 있다고 말일세.

나는 식구가 사무실을 지나갈 때면 가끔 종아리를 살짝 꼬집어 주고 싶을 때가 있었지만, 차마 그럴 수가 없었네. 내 사무실은 성스러운 곳이었으니까.

식구는 이제 전화도 하네. 정육점 주인이나 다른 가게 주인하고 말일세. 전화하는 법을 가르치기란 쉽지 않았네. 식구는 이전에 한 번도 전화를 걸어 본 적이 없고, 번호를 돌리는 것만으로 빵집 주인과 바로 옆에서 이야기하는 것처럼 통화할 수 있다는 사실을 도무지 이해하지 못했기 때문이지. 하지만 식구는 쉽게 포기하는 사람이 아니었네. 그래서 이제는 몇 년 전화통과 뒹굴며 산 사람처럼 능숙하게 전화를 하네. 물론 아직도 통화를 할 때

면 상대방이 자신을 보고 있기라도 한 것처럼 조금씩 몸
짓을 해가며 말을 하긴 하지만.

식구가 일을 하는 걸 보면, 그러니까 부엌에서 요리를
하거나 위층에서 청소를 하거나, 아니면 빨랫감과 양동
이를 들고 지하 세탁실로 들어가는 것을 보면 어떻게 저
리 단순한 인간이 내 계약서의 그 까다로운 조항에 담긴
핵심 내용을 그리 쉽게 간파해 냈는지 그저 신기할 따름
이네.

나는 어머니가 이 모든 걸 함께 겪지 못하고 떠난 것이
참으로 안타까웠네. 아, 어머니가 전화라도 한번 걸어
보고 돌아가셨더라면…….

9

나는 스혼베커 씨 집의 모임에 회사 편지지 샘플을 가져가 아래층 현관 복도에서 그에게 건넸네. 집주인이 직접 문을 열어 줬기 때문이지.

「진심으로 축하하네.」

스혼베커 씨는 다시 한 번 축하 인사를 건네고는 편지지를 주머니에 넣었네.

지난번에 내가 앉았던 자리는 지극히 당연하다는 듯이 비워져 있었네. 이 신사들 가운데 누구도 감히 내 자리를 차지할 엄두를 내지 못한 것 같다는 확신이 들었네.

이날 저녁의 화제는 러시아였네.

나는 폐허 더미에서도 새로운 신전을 지으려는, 지지리도 가난한 러시아 사람들에 대한 경탄이 저 가슴 깊은 곳에서 치밀어 오르는 것을 느꼈네. 그것은 치즈 20톤을 판매하는 것과는 또 완전히 다른 일이었지. 그러나 나는

가프파 사업가로서 그런 알량한 감상에 마음을 빼앗겨
서는 안 되고, 내 치즈의 앞날에 걸림돌이 되는 것들은
모두 짓밟아 버리기로 단단히 마음먹고 있었네.

한 참석자가 러시아에서 수백만 명이 기아로 죽어 가
고 있다고 주장했네. 마치 빈집 바닥에 널브러진 파리 떼
처럼 쓰러진다고 하면서. 그때 상냥한 스혼베커 씨가 내
편지지를 옆 사람에게 건넸고, 그 사람은 흥미로운 듯 이
것이 뭐냐고 물었네.

「우리의 친구 라르만스 씨가 최근에 사업을 하면서 만
든 상용(商用) 용지죠.」 스혼베커 씨가 설명했네. 「아직
못 보셨소?」

지난주에 내게 비굴하게 굴었던 그 작자는 아직 보지
는 못했지만 어디선가 들은 것 같다면서 옆 사람에게 다
시 편지지를 돌렸네. 이렇게 해서 내 편지지는 승리의 찬
가 속에서 좌중을 한 바퀴 돌았네.

편지지가 도착할 때마다 사람들의 입에서 탄성이 터
져 나왔네. 「아주 흥미로워요.」 「정말 훌륭해 보입니다.」
「그렇다마다요. 먹는 것보다 나은 게 있겠어요?」 아마
투탕카멘의 미라도 이보다 더 큰 관심을 받지는 못했을
걸세.

「러시아인들한테 가장 필요한 게 바로 이런 가프파일
텐데.」

스혼베커 씨가 말했네.

「나는 가프파의 무궁한 발전을 위해 한잔 들겠소.」한 늙은 변호사가 불쑥 말했네. 내가 보기에는, 겉으로 말하는 것보다 돈이 없는 사람이었네. 어쨌든 내가 그 수상쩍은 〈조선소 감독관직〉을 떨쳐 낸 뒤로 여기서 그 전까지 내가 앉았던 외진 자리를 차지한 사람이 바로 이 변호사였네. 이 양반은 거기 앉아 무슨 구실만 있으면 술잔을 비웠네. 마치 이 자리에 온 것이 포도주 때문이라도 되는 것처럼. 내가 보기에 그랬다는 말이네.

내 자리로 온 편지지를 나 역시 계속 돌렸네. 편지지에는 눈길 한 번 주지 않고서. 그러다 마침내 편지지는 다시 집주인에게 돌아갔고, 스혼베커 씨는 그것을 자기 자리 앞에 놓았네.

「프란스, 정말 대단하이.」내가 집을 떠날 때 스혼베커 씨가 말했네. 「참, 물어볼 게 있는데, 공증인 반 더르 제이펜 씨가 이런 부탁을 하더군. 자기 막내아들이 혹시 당신과 동업할 수는 없는지. 돈도 많고 아주 신실한 사람일세.」

내 노동의 열매를 잘 알지도 못하는 사람하고 나누라고? 나로서는 생각도 해보지 못한 이야기였네. 내가 다니던 조선소에 그 친구를 추천해서 내 자리에 앉히는 건 몰라도 말이네.

집에 도착하자 얀이 문틈에 서서 소리쳤네.

「아빠, 치즈가 도착했대요.」

전화를 받은 사람은 딸아이였네. 누군가 전화를 해서 치즈를 어떻게 할지 물었다는 걸세. 그런데 이다는 그 사람 이름을 기억하지 못했네. 아니, 어쩌면 알아듣지 못했을 수도 있었네. 내가 왜 엄마를 부르지 않았느냐고 묻자 엄마는 장 보러 갔다고 대답하더군.

내 앞으로 치즈 20톤이 도착했는데, 그게 어디 있는지 말해 줄 사람이 없다는 게 말이 되나? 이런 어처구니없는 일이 어디 있단 말인가? 아이들 말을 어디까지 믿어야 할지!

치즈가 도착한 건 사실일까? 혹시 스혼베커 씨가 장난을 친 것은 아닐까? 아니면 이다가 잘못 알아들었든지.

그러나 이다는 확고했네. 잘못 들은 것도 없고, 착각한 것도 아니라고 분명히 답했네. 이럴 때 보면 아무리 밀고 당겨도 움직일 생각을 하지 않는 황소 같았네. 전화 건 남자가 분명히 내 앞으로 치즈 20톤이 도착했다고 말했다는 걸세. 그걸 어떻게 처리해야 좋을지 알려 달라는 말과 함께. 그러면서 무슨 모자 이야기도 한 것 같다고 하더군.

빌어먹을 년 같으니! 처음엔 치즈라고 하더니 이젠 〈모자〉라고? 이런 계집애는 귀싸대기를 몇 대 올려야 하지 않겠나?

중학생이라는 애가 그 지경이네.

나는 불안하고 초조해서 밥이 목구멍으로 넘어가지 않아 결국 사무실로 들어가고 말았네. 이럴 때 혹시 식구가 들어와 〈비누〉가 어쩌고 〈따뜻한 물〉이 저쩌고 하면서 욕실로 들어가려고 하면 당장 귀싸대기를 날려 버릴 것 같았네.

「지금은 피아노 치지 마!」

아래층에서 식구가 아이를 야단치는 소리가 들렸네. 나는 마음이 약간 풀렸네. 아내의 야단은 나에 대한 존중의 표시였으니까.

「당신은 사업 시작한 걸 꼭 후회하는 사람처럼 보여요.」 아내가 톡 쏘듯이 말했네. 「치즈를 기다리지 않았어요? 그럼 올 게 온 거예요.」

「뭐, 내가 후회한다고? 뭘 후회해?」 나도 지지 않고 쏘아붙였네. 「당신 이런 말 들어 봤어? 〈흔적도 없이 사라진 에담 치즈〉, 〈모자를 쓰고 돌아다니는 치즈〉. 무슨 범죄 영화 제목 같지 않아?」

「제발 호들갑 좀 그만 떨어요!」 식구가 말했네. 「치즈가 도착하지 않았으면 그게 이상한 일 아니에요? 어딘가에서 착오가 있었다는 말이니까요. 치즈가 도착한 건 백번 잘된 일이에요. 도착한 치즈가 어디 가겠어요? 네덜

86

란드로 돌려보내는 일도 없을 거예요. 지금은 사무실들이 모두 문을 닫은 시간이니까, 내일 아침에 분명 기차역에서 뭔가 통보가 올 거예요. 내가 장담해요. 아니면 혹시 치즈가 배로 왔어요?」

나는 그것도 모르고 있었네. 내가 그걸 어떻게 알겠나? 전화를 받은 그 황소고집 딸년 말고는.

「여보, 가서 식사나 해요. 그리고 내일 아침까지 기다려요. 지금은 시간이 너무 늦었어요.」

결국 나는 끌려가듯 식탁에 가 앉았네. 황소고집 딸년을 마지막으로 한 번 더 사납게 노려보면서. 딸년은 두 눈에 눈물이 그렁그렁했지만, 입 모양은 여전히 잘못한 게 하나도 없다고 단단히 우기는 듯했네. 게다가 얼마 뒤 자기 접시 위에 한 살 많은 오빠가 장난으로 모자를 올려놓자 번개같이 모자를 쳐서 부엌 레인지 밑으로 날려 버리는 것을 보면 뿔까지 잔뜩 나 있는 듯했네.

그래, 그래, 치즈는 도착했네. 나는 그것이 느껴졌네.

10

이튿날 아침 9시 조금 넘어 〈푸른 모자 탁송 회사〉라는 데서 전화가 와 치즈를 어디다 두어야 할지 물었네.

이제야 나는 그 모자 얘기가 어떻게 해서 나오게 되었는지 알게 되었네. 나중에 딸애에게 초콜릿이라도 하나 사다 줘야 할 것 같았네.

나는 전화를 건 사람한테, 지금까지 에담 치즈가 도착하면 대개 어떻게 처리했는지 거꾸로 물어보았네.

「보통 구매자한테 바로 배달해 드리죠. 그렇게 하시려면 구매자 주소를 알려 주십시오.」

그제야 나는 이 20톤의 치즈가 아직 팔리지 않았다고 말했네.

「그럼 특허를 받은 우리 지하 창고에 치즈를 보관하실 수 있습니다.」

그쪽의 대답이었네.

전화상으로는 깊이 생각하기가 어려웠네. 그렇다고 성급하게 결정할 문제가 아니었네. 그럼 식구에게 조언을 구해야 할까? 그러고 싶지 않았네. 사무실 벽지 교체 문제에서는 식구의 결정권을 뭐 얼마든지 인정할 수 있지만, 치즈의 운명이 걸린 문제에서는 당연히 내가 지휘권을 쥐어야 하지 않겠나? 생각해 보게. 내가 누군가? 내가 바로 가프파 아닌가?

「저희 사무실에 한번 들르시는 게 제일 좋을 듯합니다.」

남자가 내게 권했네.

아버지 같은 이런 자상한 초대에 나는 갑자기 신경이 곤두섰네. 이 사람들이 이런 식으로 내 치즈를 포함해 나까지 은근히 자신들의 보호하에 두려는 심산인 것 같았기 때문이지. 나는 보호자가 필요 없는 사람일세. 공증인의 막내아들인가 하는 녀석이 돈을 얼마를 들고 오든 필요 없듯이 말이네.

그럼에도 나는 그 제안을 받아들였네. 그만 통화를 끝내야 했을 뿐 아니라 안트베르펜에 도착한 내 치즈들에게 거창한 환영 행사는 못해 주더라도 최소한 마중은 나가는 게 도리라고 생각했기 때문이지. 탁송되어 온 이 첫 치즈들은 장차 내가 개인적으로 연을 만들어 가야 할 전군의 선발대 같은 성격을 띠고 있었네. 게다가 에담들이 이처럼 깡그리 무시당한 채 보급 기지에 도착했다는 사

실이 나중에 호른스트라 씨의 귀에 들어가게 되는 것도
원치 않았지.

나는 푸른 모자 탁송 회사에 도착하기 전에 벌써 치즈
의 운명에 대한 판단이 끝나 있었네. 내 마음은 날이 갈
수록 점점 굳건해지고 있었기 때문이지.

치즈는 지하 창고에 들어가야 했네. 그것 말고 내가 뭘
어쩔 수 있겠나?

나는 스혼베커 씨가 호른스트라 씨에게, 내가 종합 해
운 조선소 사무직 직원이고, 그래서 치즈든 사업이든 아
는 것이 없을 뿐 아니라 아직 변변찮은 사무실조차 마련
하지 못했다는 얘기를 하지는 않았으리라고 생각하네.
물론 그렇다고 사실이 바뀌는 건 아니네. 나는 장사라는
걸 해본 적이 없는 사람이고, 아직 책상과 타자기조차 마
련하지 못한 게 사실이니까.

이 또한 모두 식구 탓이네. 가구점에 가서 새 책상을
사면 간단했을 텐데, 수백 프랑만 주면 중고 책상을 살
수 있다며 나를 만류한 사람이 식구였기 때문이지. 새 책
상은 웬만하면 2천 프랑을 줘야 했지만, 대신 오후에 바
로 배달해 주기 때문에 돈만 좀 더 들이면 책상 문제는
쉽게 잊을 수 있었네. 이런 물건 때문에 반 시간 이상을
허비해서는 안 된다는 게 내 생각이었지. 생각해 보게.
시간은 멈추지 않고 계속 흘러가고, 그렇게 허비한 시간

이 모여 날이 되고 주가 되지 않나? 그렇다면 그럴 시간에 차라리 치즈를 하나라도 더 팔아야 한다고 생각하네.

아무튼 그래서 치즈는 창고행으로 결정되었네.

만일 〈푸른 모자〉 사람들이 특허 받은 지하 창고라는 말에 내가 넘어갔을 거라고 생각한다면 그건 오산일세. 사람을 뭘로 보고! 이보시오들, 난 그런 꾐에 넘어갈 만큼 단순한 사람이 아니오!

나는 지하 창고를 직접 보고 싶었네. 내 치즈들이 거기서 안전하고 신선하게, 그리고 밀폐된 가족묘처럼 비나 쥐새끼들로부터 방비가 되는지 두 눈으로 똑똑히 확인하고 싶었던 것이지.

나는 창고를 검열하듯 꼼꼼히 살펴보고 난 뒤 아무 문제가 없음을 시인할 수밖에 없었네. 천장은 아치형이었고, 바닥은 뽀송뽀송했으며, 벽은 지팡이로 톡톡 두드려 보아도 속이 빈 것처럼 울리지 않았네.

여기라면 치즈들이 탈옥할 수 없을 것 같아 나는 안도감이 들었네. 게다가 예전에도 이곳에 치즈가 보관되어 있었던 게 분명했네. 냄새가 그걸 증명해 주고 있었으니까. 아마 호른스트라 씨가 이 창고를 보았더라도 운이 좋다고 축하를 해줄 것만 같았네.

20톤의 치즈는 탁송 회사 마당의 화물차 네 대에 나뉘어 실려 있었네. 전날 서둘러 열차에서 내려야 해서 임시로 화물차에 실어 놓았다고 했네. 그렇지 않았다면 철도 회사에서 별도로 내게 보관료를 청구했을 걸세. 나는 이제 지하 창고 한가운데에 승마 학교 교관처럼 서서 치즈가 거처로 옮겨지는 것을 지켜보았네. 마지막 상자가 쌓일 때까지 잠시도 한눈을 팔지 않으면서.

호른스트라 씨가 보낸 첫 화물은 2킬로그램짜리 치즈가 총 2만 킬로그램에 이르렀는데, 모두 특수 상자 370개에 나뉘어 포장되어 있었네.

「에담 치즈는 보통 낱개로 포장해서 배송하죠.」 창고 직원이 말했네. 「낱개로 포장할 만큼 고급스런 고지방 치즈라는 말입니다.」

이렇게 포장되어 있으면 공급하기가 한결 수월했네. 나는 치즈를 27개씩 묶어서 판매할 생각이었네. 상자 하나에 치즈가 27개씩 담겨 있으니까. 그런데 마지막 상자는 개봉되어 있었네. 창고 직원 말로는 〈세관〉에서 열어 보았다고 했네. 세관 직원들이 내 치즈 중 하나를 골라 가운데를 절단했다는 것이지. 그런데 반쪽이 보이지 않았네. 그건 어디로 갔느냐고 물었네.

그러자 직원은 의아하다는 듯 항구에서 이런 일을 많이 겪어 보지 않았느냐고 반문했네. 속으로는 내가 이런 일에 생짜 초보라고 생각하는 게 분명했네. 그렇지 않다면 세관의 〈기브 앤 테이크〉 문화를 모를 리 없을 테니까.

「사장님은 그 사람들이 상자 370개를 일일이 열어 볼 권한이 있다는 걸 모르십니까? 물론 마음만 먹으면 잘려 나간 치즈 반 개 값을 세관에 청구해서 돌려받을 수는 있습니다. 그런데도 저는 세관 직원한테 그 반 개를 선물로 줬습니다. 왜 그런 줄 아십니까, 사장님? 그래야 호른스트라사는 1,000굴덴의 세금을 더 아낄 수 있으니까요. 이 치즈는 세율이 높은 고지방 치즈임에도 중지방으로 통관되었습니다. 이제 아시겠습니까, 사장님?」

〈사장님〉이라는 호칭을 반복하는 데에서 무시와 위협의 구석이 약간 묻어났네.

이어 남자는 치즈 상자 하나를 내 집으로 배달할지 물었네. 분명 샘플이 필요할 거라고 하면서.

나는 탁송 회사 직원과 더는 문제를 일으켜 봤자 좋을 게 없을 것 같아 그 제안에 동의하면서 내 주소를 가르쳐 주었네. 사실 앞으로 얼마간은 샘플이 필요한 상황이 아니었는데도 말이네. 지금은 무엇보다 사무실을 정비하는 것이 우선이었네. 그런 다음에야 본격적으로 판매에 나설 수 있지 않겠나?

나는 남자에게 나머지 치즈 반쪽과 팁까지 넉넉히 얹어 주었네. 어떻게든 이 남자의 환심을 사고 싶었던 것이지. 그러고 나서 나는 다시 한 번 내 치즈를 잘 부탁한다고 말하고는 십자군 시절의 요새 성문을 닫듯 엄숙한 마음으로 문을 닫았네.

　나는 마음 놓고 집으로 돌아갔네. 폭력 같은 극단적인 수단을 쓰지 않고는 내 에담들이 지하실에서 무단이탈할 방법이 없다는 걸 확인했기 때문이지. 내 에담들은 부활의 그날까지, 그러니까 승리의 진군가 속에서 밖으로 불려 나와 진열창 안을 화려하게 장식할 그날까지 그곳에서 얌전히 대기하고 있을 걸세. 내가 암스테르담에서 돌아올 때 길에서 걸음을 멈추고 본 그 치즈들처럼.

11

집에 왔을 때 치즈 상자는 벌써 사무실에 도착해 있었네. 나무 상자 속에는 포장을 빼고 상품 무게만 2킬로그램이 나가는 치즈가 26개 들어 있었네. 포장까지 합치면 모두 60킬로그램이나 나갔지.

창고 직원은 치즈 상자를 지하실에 갖다 두면 될 것을, 왜 여기에다 두고 갔는지! 여기서는 걸리적거리기나 할 뿐인데 말일세. 게다가 상자에서는 벌써 고약한 냄새가 새어 나왔네. 치즈 상자를 옮기려고 했지만 그마저도 쉽지 않았네.

그러려면 일단 쇠지렛대를 가져와야 했네.

그런 다음 나는 집 안이 쩌렁쩌렁 울릴 정도로 망치질을 시작했네. 그 소리를 듣고 식구가 올라와 혹시 도울 일이 없는지 살펴보았네. 그러면서 담즙 과다로 고생하는 옆집의 페터르스 부인이 문틈에 서서 탁송 회사 직원이 치즈 상자를 배달한 뒤 다시 차를 타고 길모퉁이를 돌아가는 것을 지켜보았다고 이야기했네. 나는 페터르스 부인이 무슨 잔소리를 하건, 무슨 병으로 당장 뒈지건 상관없다고 대답했네. 그러고는 조금 쉰 뒤 마침내 널빤지 하나를 떼어 내는 데 성공했네. 특허 상자라는 게 일반 상자와 뭐가 다른지 정확히 알 수는 없지만 아주 튼튼하다는 건 인정할 수밖에 없었네. 그 뒤로는 누워서 떡 먹기였네. 한 번 더 힘을 쓰자 치즈가 하나둘 차례로 모습을 드러내지 않겠나? 커다란 부활절 계란처럼 생긴, 은박지로 고이 싼 치즈들이었지. 창고에서 벌써 봤지만 여기서 보니 새삼 가슴이 뭉클했네.

판타지 같던 치즈 사업이 이제야 정말 현실이 되었네!

나는 치즈를 지하실에 보관해야 한다고 단호하게 말했네. 식구도 내 말에 동의했네. 치즈는 건조한 상태를 유지해야 하기 때문이지.

식구는 이다와 얀을 불렀네. 우리 넷은 각자 2킬로그램짜리 치즈를 두 개씩 들고 지하실로 내려갔네. 이렇게 모두 세 번을 왕복했지. 마지막 남은 치즈 두 개는 아이들이 날랐네. 빈 상자는 내가 직접 나르려고 했지만, 팔뚝에 제법 근육이 오른 열여섯 살 아들 녀석이 내 손에서 상자를 빼앗더니 머리에 이고 지하실로 내려가는 게 아닌가! 심지어 녀석은 도중에 외줄 타기 곡예사처럼 두 손을 놓고 아슬아슬하게 균형을 잡으며 내려가기도 했네.

지하실에서 식구는 에담 치즈 26개를 상자 속에 차곡차곡 쌓았고, 나는 아까 떼어 낸 널빤지를 다시 상자 위에 올려놓았네. 못질은 하지 않은 채로.

「이제 당신이 애들하고 치즈 맛을 봐야지!」

내가 총사령관처럼 말했네.

곧이어 얀은 상자 속에서 둥근 은빛 치즈를 하나 집어들고 공중으로 휙 던져 손으로 받아 들더니, 슬쩍 내 눈치를 보고는 얼른 손에서 팔 위로 굴려 제 엄마에게 건네주었네. 이다 역시 뭐라도 하고 싶었던지 조심스레 은빛 치즈 포장지를 벗겼네. 그러자 이제 치즈의 진짜 붉은 속살이 고스란히 드러났네. 내가 어릴 때부터 알고 있고, 지금도 우리 도시 전역에서 팔리고 있는 모습 그대로였지.

우리는 한동안 치즈를 가만히 관찰했네. 그러다 내가 마침내 무표정한 얼굴로 치즈 한가운데를 자르라고 명령했네.

처음엔 식구가 자르다가 곧 이다가 바통을 이어받아 절반까지 잘랐고, 나머지는 얀이 마저 처리했네.

식구는 일단 냄새를 맡아 보더니 치즈 한 조각을 얇게 저며 맛을 본 뒤 아이들에게 조금씩 나누어 주었네. 내 몫은 포기했네.

「맛 좀 보지 그래요?」 벌써 여러 차례 씹어 먹고 있던 식구가 내게 물었네. 「정말 맛있어요.」

알다시피 나는 치즈를 좋아하지 않지만 어떻게 더 버틸 수 있겠나? 장차 남들에게 훌륭한 본보기를 보여야 할 사람이 말일세. 생각해 보게. 내가 누군가? 치즈 애호가 군단의 최선봉에 서서 그들을 이끌어야 할 사람 아닌가? 결국 간신히 한 조각을 목구멍으로 넘기는 순간 초인종이 울렸네. 형님이었네.

형님은 평소처럼 자전거를 현관 복도에 세워 두고는 경쾌하게 발소리를 울리며 우리 집으로 들어왔네.

「내가 방해가 됐나?」 형님이 부엌으로 뚜벅뚜벅 걸어 들어오면서 물었네. 그러더니 식탁 위의 치즈를 보고는 눈이 동그래지더군. 「애야, 벌써 치즈가 온 거니?」

형님은 드셔 보라는 말도 없었는데 즉시 치즈를 잘라 입에 넣고는 우적우적 씹었네.

나는 형님의 살아 있는 표정에서 치즈 맛을 읽어 내려고 했네. 처음에 형님은 뭔가 의심스러운 맛이라는 듯 눈썹을 추켜올리시더니 이내 이렇게 말했네. 아직도 입술을 핥고 있는 내 식구를 보면서.

「기가 막히는군! 살면서 이렇게 맛있는 치즈는 처음 먹어 봐!」

이 말을 듣는 순간 나는 마음이 놓였네. 예순두 해 동안 치즈를 먹어 온 사람이 이런 소리를 한다면 뭘 더 의심하겠나?

그렇다면 이젠 정말 사무실을 빨리 정비해야 했네.

「치즈는 벌써 많이 나가고 있니?」

형님이 치즈를 또 한 조각 잘라 먹으면서 물었네.

나는 시스템을 갖춘 뒤에야 판매를 시작할 거라고 대답했네.

「그럼 어서 서둘러야겠다!」 형님의 충고였네. 「20톤을 시험적으로 보낸 사람들 입장에서는 네가 매주 10톤 정도는 팔아 줄 거라고 기대할 테니. 잊지 마라! 네가 온 나라를 대표한다는 사실을. 게다가 룩셈부르크 공국까지 맡고 있지 않니? 내가 너라면 당장 마음을 굳건히 먹고 저돌적으로 덤비겠구나.」

이 말을 끝으로 형님은 벌써 문 쪽으로 걸어가더니 우리 가족과 치즈만 남겨 두고는 혼자 나갔네.

저녁에 나는 스혼베커 씨 집을 찾아갔네. 치즈가 잘 도착했다는 사실을 호른스트라 씨에게 편지로 알려야 했는데 내 사무실에는 아직 타자기가 없었기 때문이지. 그김에 에담 치즈도 반 개 선물할 생각이었네. 스혼베커 씨는 인사치레를 중히 여기는 사람이거든. 그는 치즈 맛을 보더니 다시 한 번 축하 인사를 건네고는, 치즈를 남겨놓았다가 다음 모임에서 내놓겠다고 말했네. 또한 내가 원한다면 임박한 벨기에 치즈 상인 연합회 선거에서 나를 차기 회장 후보로 추천하겠다고 했네. 그래, 이제 드디어 깃발이 올랐어!

12

나는 한 주 내내 중고 책상과 중고 타자기를 찾아 열심히 돌아다녔네. 구도심에서 중고 가게를 차례차례 순례하는 것은 결코 한가한 유람이 아니었네.

보통 그런 가게들은 갖가지 물건으로 꽉 차 있어서 밖에서는 내가 찾는 물건이 있는지 확인할 수가 없었네. 그래서 번번이 안에 들어가 물어볼 수밖에 없었지. 이런 자잘한 수고를 탓할 생각은 추호도 없네. 다만 일단 가게에 들어가면 빈손으로 나오기가 어려웠다는 것이 문제였지. 카페에 들어가면 뭐라도 마시지 않고 나오기가 어려운 것처럼 말일세.

이렇게 해서 나는 처음엔 호리병 하나와 주머니칼, 성요셉 석고상을 샀네. 주머니칼은 약간 혐오스러운 느낌이 들었지만 유용하게 쓸 것 같았네. 호리병은 집에 가져갔다가 왜 그런 걸 사왔느냐며 식구한테 욕을 한 바가지

얻어먹었지. 그 뒤 성 요셉상은 가게에서 좀 멀찍이 떨어진 곳까지 와서 아무도 보는 사람이 없을 때 아무 집 창턱에 올려놓고 재빨리 줄행랑을 놓았네. 호리병 사건 뒤로는 어떤 것도 더는 집에 갖고 가지 않겠다고 속으로 맹세했기 때문이지. 그렇다고 석고상을 영원히 품에 안고 다닐 수도 없지 않은가?

그 뒤부터 나는 가게에 완전히 들어가지 않고 문틈에 서서, 혹시 외교관 책상이나 타자기가 있는지 물어보았네. 문손잡이를 잡고 있는 동안에는 가게에 들어선 것이 아니기에 물건을 사야 한다는 도덕적 의무감을 느낄 필요가 없었던 것이지. 미안해서 산 물건이 이미 너무 많았던 걸세. 그런데 문이 닫히지 않으면 문에서 계속 딸랑딸랑 소리가 났고, 그 소리가 너무 길게 이어지면 나는 마치 이대로 등을 돌려 나가야 할지 고민하는 도둑 같은 기분으로 문틈에 서 있었네.

내가 속 편하게 시내를 돌아다닐 수 없는 이유는 또 있네. 하머르 씨가 내 진단서를 갖고 있다고는 하지만, 중병으로 병가까지 낸 사람이 집에 있지 않고 이렇게 거리를 활보하며 상점들을 돌아다녀서는 안 되지 않겠나? 나는 조선소 사람들과 마주치지 않을까 늘 노심초사했네. 진짜 신경증 환자가 어떤 행동을 보여야 하는지 아는 게 없었기 때문이지. 만일 내가 바닥에 풀썩 쓰러지는 시늉을 하면 사람들은 내 얼굴에 찬물을 붓고 내 코에다 암모니아수 냄새를 맡게 하거나, 나를 의사나 약사에게 데려갈 걸세. 그러면 이게 모두 꾸민 짓이라는 게 금방 들통 나지 않겠나? 생각만 해도 끔찍한 일이지. 그렇다면 회사 사람을 만나지 않는 것이 최선이었네. 그래서 나는 늘 주위를 잘 살피며 다녔고, 언제 어디서건 즉시 몸을 돌리거나 골목으로 꺾을 태세를 했네. 내 병가가 사람들의 입에 오르내리지 않도록 하는 것이 가장 바람직한 일이었으니까.

다른 한편으론 조선소가 어떻게 돌아가는지 궁금한 마음도 있었네.

아침 9시 15분, 지금 이 시각이면 내 사무실 동료 넷은 난롯불에 종아리를 쬐고 있을 것이네. 암, 안 봐도 뻔하지. 각자 앞에는 타자기가 한 대씩 놓여 있네. 대포 한 문씩 맡은 포병들처럼. 넷 중 하나가 우스갯소리를 할 걸세. 그래, 출근 후 첫 30분은 유쾌하고 편안하지. 하머르 씨는 불을 쬐기 전에 장부부터 펼치고, 전화 교환양은 금발을 매만지고 있을 걸세. 내가 회사를 떠나기 직전에 파마를 했거든. 쿵쿵 내리찍는 공기 해머 소리가 조선소 작업장에서 우리 사무실까지 들려오고, 창문 밖에는 늘 바삐 움직이는 난쟁이 증기 기관차가 막 지나가고 있네. 우리 사무직 다섯 명은 창문 쪽으로 고개를 돌려 푸른색

작업복을 입고 목에 수건을 두른 채 늙은 말을 모는 마부처럼 유유히 기관차를 모는 피트 영감에게 반갑게 손짓을 하네. 그러면 피트 영감도 답례로 짧게 기적을 울려주지. 저 멀리 높은 굴뚝에서는 시커먼 연기가 검은 깃발처럼 펄럭거리고 있네.

저 불쌍한 인간들은 여전히 저 건너편에서 똑같은 삶을 반복하고 있고, 반면에 나는 여기 〈사업〉의 정글 속에서 나만의 길을 힘차게 만들어 나가고 있네.

두드리면 열린다는 것을 나는 직접 경험했네. 마침내 적당한 책상을 찾았으니까. 이 책상은 초록색 박피 위에 좀이 슨 작은 구멍 몇 개만 빼면 완벽했네. 게다가 300프랑밖에 주지 않았음에도 성능만큼은 결코 2,000프랑짜리 책상에 뒤지지 않을 것 같았네. 역시 식구의 말이 옳았던 걸세. 하지만 이걸 구하느라 다시 일주일이 후딱 지나갔네. 결국 내 새끼 같은 치즈들은 지하실 문이 열려 햇빛을 보기까지 좀 더 인내해야 했지.

타자기 문제도 해결되었네. 임대 타자기를 찾은 것이지. 이렇게 해서 이튿날 내 사무실 책상 위에는 타자기 한 대가 위풍당당한 모습으로 서 있었네. 그것도 친숙하기 그지없는 타자기였네. 30년 동안 우리 가족을 먹여 살리는 데 결정적인 도움을 준 언더우드사 제품이었으니까.

판매는 지난주에 개시되었네. 놀랍게도 스혼베커 씨의 집에서 말일세. 스혼베커 씨는 에담이 불티나게 팔리는 것을 보고 무척 기뻐했지.

그날 손님들이 모두 자리를 잡고 앉자 스혼베커 씨는 찬장을 열더니 에담 치즈 반 개를 테이블 위에 올려놓았네. 그새 또 잘라 먹었는지 처음보다 꽤 줄어 있었네.

「우리 친구 라르만스 씨의 특산품 중 하나입니다.」

스혼베커 씨가 소개했네.

「실례지만 가프파 씨, 잠시 제게 맛을 볼 수 있는 영광을 허락해 주시겠습니까?」

그 늙은 변호사의 능청스러운 말이었네. 그는 벌써 치즈 한 조각을 자르고는 접시를 계속 돌렸네.

나는 가프파에게 깍듯이 예의를 다하는 이 남자가 고마워 나중에 사업이 잘 풀리면 에담 치즈 하나를 통째로 선물할 마음까지 들었네.

곧이어 치즈 씹는 소리가 오케스트라 연주처럼 방 안에 울려 퍼졌네. 나는 어떤 치즈도 이 고지방 에담만큼 많은 찬사를 받지 못했을 거라고 확신하네. 좌중에서 줄줄이 이런 탄성과 환호가 터져 나왔으니까. 〈오, 이럴 수가!〉〈굉장하군!〉〈이런 맛은 처음이야!〉

세련된 대머리 남자가 스혼베커 씨에게 이 치즈를 어디서 구할 수 있는지 물었네. 이 물음과 함께 내 어깨는 한층 더 으쓱 올라갔네. 생각해 보게. 이제는 나한테 직접 물어볼 엄두조차 내지 못한다는 뜻 아니겠나?

「그건 라르만스 씨가 얘기해 주시겠죠.」

스혼베커 씨는 치즈 한 조각을 입에 쏙 넣으며 말했네.

「당연하죠.」 다른 누군가가 말했네. 「라르만스 씨가 직접 말씀해 주셔야죠.」

「라르만스 씨가 그런 사소한 문제까지 직접 신경을 쓸 수는 없지 않겠습니까?」 늙은 변호사의 말이었네. 「난 그렇게 생각하는데, 당신 생각은 어떻습니까? 이 치즈를 사려면 그냥 가프파에 전화를 걸면 되지 않겠소?」

「아, 그러면 되겠군요. 가프파에 전화를 걸어 치즈 50그램만 배달해 주시오, 하고 말입니다.」

옆에 있던 사람이 거들었네.

기왕 말이 나온 김에 나는 이렇게 설명했네. 가프파는 27개들이 12상자 단위로만 판매하지만, 특별히 여기 계신 분들에 한해서만 낱개로, 그것도 도매가로 넘기겠다고 말이네.

「우리의 친구 라르만스 씨를 위해 건배, 건배, 건배!」 늙은 변호사가 이렇게 건배 삼창을 외치더니 다시 자기 잔을 깔끔히 비웠네.

이제야 이 사람들은 내 이름을 정확히 알고 있는 듯했네.

나는 곧 새 만년필을 꺼내 주문 들어온 것을 적었네.

각자 2킬로그램짜리 치즈가 하나씩이었네. 그런데 다들 가려고 외투를 입을 때 늙은 변호사가 슬그머니 내게 다가오더니, 혹시 자기는 예외적으로 치즈 반 개만 주문할 수 없는지 물었네. 집안 식구라고 해봤자 여동생과 하녀 한 명뿐이라는 거지. 나는 그러겠노라고 약속했네. 가프파를 떠올려 준 첫 번째 손님이니까.

누군가 가프파의 또 다른 특산품이 있느냐고 물었네.

「설마 가프파가 치즈만 팔 거라고 생각하시는 건 아니겠죠? 농담도 잘하십니다.」

나는 치즈가 내 사업에서 부수적 상품일 뿐이라고 말하면서, 다른 물품은 당분간 개별 판매는 안 하고 상점들에만 넘긴다고 덧붙였네.

13

시간이 돈이라는 사실을 이제야 비로소 실감하고 있네. 치즈 일곱 개 반을 배달하는 데만 오전 시간을 다 썼으니까 말일세.

나는 우선 다락방에서 버들가지로 짠 가방을 꺼냈네. 치즈 세 개는 들어가는 가방이었지. 나는 그것을 직접 운반했네. 아이들은 방과 후에도 해야 할 숙제가 많았기 때문이지. 게다가 얀한테는 특히 맡기고 싶지 않았네. 그놈의 버릇이 도져 내 치즈로 저글링을 하면 어떡하겠는가?

가방을 들고 지하실로 내려가다가 식구를 만났을 때 나는 원하든 원치 않든 지금 이 상황을 설명할 수밖에 없었네. 이 모든 걸 혼자 조용히 처리하고 싶었던 게 솔직한 내 심정이었지만. 이런 내 모습이 식구의 눈에는 퍽 우스꽝스럽게 비칠 수도 있기 때문이지. 생각해 보게. 사장이라는 사람이 치즈 가방이나 끌고 다니며 배달을 하는 게 말이 되겠나! 물론 나도 그걸 아네. 하지만 만 개나 되는 에담을 일일이 〈그 푸른 모자들〉한테 맡길 수는 없지 않은가? 그러나 식구의 생각은 달랐네. 그게 정상이라는 거지.

「시작은 그래야 해요. 게다가 그래야 그 사람들도 우리 치즈와 친숙해지지 않겠어요?」

〈우리 치즈〉라는 말이 내 귀에 퍽 기분 좋게 들렸네. 그러니까 식구도 이 일에 동참하고 있고, 일정 부분 책임감을 느끼고 있다는 말이었지.

나는 이 사람들이 추가 주문을 하지 않기를 바랐네. 배달이라는 것이 장난이 아니었기 때문이지. 처음에는 무표정한 얼굴로 우리의 이웃인 페터르스 부인 곁을 지나갔네. 늘 문틈에 서 있지 않으면 창밖으로 얼굴을 내밀고 바깥 동태를 살피는 사람이었지. 나는 집을 나와 전차를 탔는데 전차 안에서는 가방이 무척 성가셨네. 그러다 목적지에 도착해 초인종을 누르면 하녀가 나와 광주리를 든 나를 물끄러미 바라보았네. 내가 들고 있던 건 가방이라기보다는 광주리에 가까웠거든. 어쨌든 치즈를 가져왔다고 말하면 하녀는 주인마님께 그 소식을 전하러 안으로 뛰어 들어갔네. 가만 보니 그 시간에도 침대에 누워 있는 여자들이 더러 있더군. 아무튼 여덟 집 중 두 집은 치즈 배달에 대해 전혀 모르고 있었네. 그래서 나는 이

무거운 치즈들을 떨쳐 내는 데 무척 애를 먹었네. 돈을 줄 필요가 없다는 말로 간신히 치즈를 넘길 수 있었지. 물론 나중에 바깥양반들과 따로 정산할 생각이었지만.

이제 나는 사무실에 앉아 있네. 그전에 고단한 배달이 끝났고, 매일 와서 팔린 치즈와 팔리지 않은 치즈 개수를 묻던 형님도 돌아간 뒤였네. 형님은 역시 진정한 의사였네. 반복해서 상처를 칼로 후벼 팠으니까.

나는 형님에게 스혼베커 씨 집에서 팔린 치즈에 대해 이야기했네. 형님은 반응이 뜨거웠다는 얘기를 듣고 무척 반가워했네. 하지만 잠시 머릿속으로 계산을 하는가 싶더니 이렇게 말하는 게 아닌가!

「그래 봤자 지금 네가 갖고 있는, 만 개나 되는 치즈 중에서 일곱 개 반에 불과해. 매주 그렇게 장사를 했다가는 30년 뒤에나 다 팔 수 있어. 더 열심히 뛰어야 돼! 더 열심히! 그렇지 않으면 끝장이야.」

그건 나도 잘 알지만, 문제는 이 치즈를 어떻게 다 파느냐는 것이지.

가방에다 에담을 몇 개 넣고 우리 도시의 치즈 상점을 죄다 돌아다녀 볼까 하는 생각도 잠시 했네. 하지만 그리되면 내 사무실은 어찌 되겠나? 사무실을 장만한 보람도 없이 늘 텅 비어 있지 않겠나? 나는 반드시 사무실에 있어야 했네. 전화를 받거나 편지를 써야 했을 뿐 아니라

회계 정리를 위해서도 여길 떠날 수가 없었네. 그렇다고 식구에게 맡길 수는 없었네. 전화를 오면 이런저런 설명을 해야 할 텐데 그걸 식구가 할 수 있겠나? 게다가 원래 다른 할 일이 많은 사람이네.

그렇다면 중개상이 정답이었네. 신실한 중개상들을 모집해서 치즈를 팔아야 한다는 말이지. 소규모 가게까지 뚫을 수 있고, 언변이 능하고, 거기다 일주일에 한 번, 아니 두 번씩 물건을 떼어 갈 수 있을 만큼 능력 있는 사람들로 말일세. 그래, 일주일에 두 번이 좋겠네. 그것도 아예 월요일과 목요일로 못을 박아 버리지 뭐. 그러면 내 업무량도 한결 분산되지 않겠나? 나는 이 모든 걸 체계적으로 기록하고, 창고에 공급을 지시하고, 철저히 계산하고, 차질 없이 수금하고, 그런 다음 매주 내 몫으로 판매 대금의 5퍼센트를 뗀 뒤 나머지 금액을 호른스트라 씨에게 송금할 걸세. 그리되면 내가 직접 치즈와 대면할 일은 없지 않겠나?

이렇게 해서 나는 다음과 같이 광고를 냈네.

고지방 에담 치즈 총수입상에서 벨기에를 비롯해 룩셈부르크 공국의 모든 도시에 거주하는 능력 있는 중개상을 구합니다. 치즈 상점 고객이 있는 사람 대환영. 아래 주소로 서신 연락 바람. 〈가르파, 페르뒤선

111

가 170번지, 안트베르펜.〉 신원 보증인과 과거 직장을
명기하기 바람.

결과는 성공적이었네.

이틀 뒤 테이블 위에는 각양각색의 편지 164통이 놓여
있었네. 우체국 일부는 우편함에 편지가 더 들어가지 않
                       종까지 눌러 편지를 직접 전달해 주었네.

이제야 옳은 방향으로 가는 느낌이었네. 최소한 새로
장만한 타자기를 사용할 기회는 생겼으니까 말일세. 일
단 나는 모든 편지를 개봉해서 지역별로 분류했네.

나중에 나는 벨기에 지도를 한 장 사서, 내가 중개상을
고용한 도시마다 작은 깃발을 꽂아 놓을 작정이네. 그러
면 어디가 내 영토인지 한눈에 바로 알아볼 수 있지 않겠
나? 제대로 팔지 못하는 사람은 내 영토에서 바로 내보
내 버릴 작정이네.

편지는 브뤼셀에서 70통으로 가장 많이 왔네. 그다음
이 안트베르펜으로 36통이었고, 나머지는 전국 곳곳에
서 왔네. 룩셈부르크에서는 한 통도 오지 않았네. 하지
만 거긴 중요하지 않네. 어차피 부수적인 영역이니까.

모든 편지를 개봉해서 분류를 끝냈을 때 추가로 50여
통의 편지가 또 도착했네. 아마 너무 늦게 부친 편지들인
것 같았네. 아무튼 일은 술술 잘 풀려 나갔네. 나는 브뤼

셀에서 온 편지부터 읽기 시작했네. 그중에는 자신이 살아온 과정을 어린 시절부터 시시콜콜히 다 적은 사람도 있었네. 또한 세계 대전에 나가 훈장을 일곱 개나 받은 이야기부터 꺼내는 사람들도 많았네. 그게 치즈 판매와 무슨 상관이 있는지는 알 수 없지만. 또 어떤 사람들은 부양할 대가족과 자신들이 겪어 온 불행에 대해 이야기하면서 나의 여린 가슴에 동정을 호소했네. 심지어 몇몇 편지는 도저히 눈물 없이는 읽을 수가 없었네. 이 편지들은 특별한 곳에 따로 보관할 생각이네. 혹시 아이들 눈에라도 띄면 이 사람들에게 제발 일자리를 주라고 쉴 새 없이 졸라 댈 것이 분명할 테니까. 그런 일이 일어나는 건 원치 않았네.

편지 읽기가 끝나자 정말 하기 싫은 일이 기다리고 있었네. 받은 편지들에 일일이 답장을 쓰는 일이었지. 예의상 하는 일일 뿐이었지만, 솔직히 이런 기회를 이용해 타자기를 치려는 마음도 있었네. 아무튼 편지를 보낸 이들 중에는 이제껏 장사라고는 한 번도 해본 적이 없는 사람이 많았네. 설령 장사를 했다고 해도 기껏 담배를 팔거나 재미 삼아 해본 것이 태반이었네. 반면에 요건을 모두 갖춘 사람들은 말투에 자신감이 넘쳤을 뿐 아니라 자신이 받을 수 있는 수수료와 고정 급료에 대한 좀 더 자세한 정보를 요구했네. 이런 사람들은 오히려 자기들 입장에서 내 일을 맡아 주는 영광을 내게 선사할지 고민하는 듯했네.

나는 당연히 이 사람들에게 고정 급료를 지급할 생각이 없네. 그렇다면 어떤 조건을 제시해야 할까? 나는 고정 급료 없이 수수료 3퍼센트를 제공하기로 했네. 그러면 내게는 2퍼센트의 수수료와 300굴덴의 월급이 남는 셈이지.

내가 막 언더우드 타자기 앞에 정좌를 하고 앉았을 때 초인종이 울렸네. 여기까지 들렸지만 신경을 쓰지는 않았네. 사무실에 있을 때 내가 직접 문을 열어 주는 일은 없으니까. 얼마 뒤 식구가 올라와 남자 세 사람과 여자 한 사람이 찾아와서 나를 만났으면 한다고 말했네. 뭔가 선물로 보이는 것도 갖고 온 것 같다고 하면서.

「와이셔츠를 입고 넥타이를 매요.」

식구가 충고했네.

누굴까? 내 생각엔, 편지를 쓰는 대신 직접 방문하는 것이 낫다고 판단한 중개상 후보들인 것 같았네.

내가 거실 문을 열었을 때 네 개의 손이 일제히 나를 향해 뻗어 왔네. 놀랍게도 그 사람들은 투윌, 에르퓌르트, 바르테로터, 그리고 반 더르 타크 양이었네. 조선소의 동료 직원들이지.

나는 얼굴에서 피가 확 빠져 나가는 느낌이 들었네. 내 동료들은 그런 나를 보고 몸이 안 좋은 것 같다고 판단했는지 타크 양이 즉시 의자를 내밀며 앉을 것을 권했네.

「무리하지 마세요. 우린 곧 갈 거예요.」

타크 양이 확언했네.

동료들은 내 건강 상태가 어떤지 직접 와서 살펴보고 싶었다고 했네. 회사 안에 희한한 소문들이 횡행했기 때문이라는 거지.

투월은 점심시간에 와서 미안하다고 했네. 하지만 이 사람들이 하루 종일 시간이 없다는 건 누구보다 내가 잘 알지. 그렇다고 저녁에 환자를 방문할 수는 없지 않은가?

동료들은 끊임없이 나를 살펴보면서 서로 눈짓을 주고받았네. 걱정한 대로라는 뜻인 듯했네.

요 몇 주 사이 회사 사무실에 많은 변화가 있다고 했네. 예를 들어 이제는 모두 창문을 보고 앉는 것이 아니라 창문을 등지고 앉았고, 각자 새 압지 두루마리를 받았으며, 하머르 씨는 이제 안경을 쓰고 다닌다고 했네.

「안경 쓴 하머르 씨의 모습을 상상해 보세요.」에르퓌르트가 말했네.「처음엔 정말 배꼽을 잡고 넘어갈 뻔했죠.」

동료들이 이런 이야기를 하는 동안 형님이 들어오는 소리가 들려왔네. 형님은 여느 때와 마찬가지로 자전거를 벽에 세워 두고는 부엌으로 성큼성큼 걸어 들어갔는데, 씩씩한 발소리가 복도에 쿵쿵 울렸네.

나는 형님이 오늘 치즈 장사가 어땠는지 묻지 않을까 벌써 걱정이 되었네. 선장처럼 우렁차게 외치는 것이 형님의 특기였기 때문이지. 그런데 식구가 형님한테 입에 손가락을 대고 말을 하지 말 것을 지시한 게 분명했네. 얼마 뒤 형님이 발꿈치를 들고 살금살금 도망치는 소리가 나직이 들려왔기 때문이지.

투월은 전 회사 직원을 대신해 짧게 인사를 전하더니 내가 곧 펄펄 뛰는 생선처럼 다시 건강해져서 예전의 자리로 꼭 돌아오기를 바란다고 말했네.

그때 바르테로터가 갑자기 엄숙한 몸짓으로 등 뒤에서 커다란 상자를 꺼내더니 내 손에 쥐여 주었네. 열어 보라고 하면서.

반짝반짝 윤이 나는 멋진 주사위 놀이 케이스였네. 흰돌과 검은 돌이 각각 열다섯 개, 가죽으로 만든 컵이 두 개, 주사위가 두 개 들었는데, 겉면에는 다음과 같은 글귀가 새겨진 은색 판이 부착되어 있었네.

오랜 시간 함께해 온
우리의 동료
프란스 라르만스 씨의 쾌유를 빌며
종합 해운 조선소 직원 일동
안트베르펜, 1933년 2월 15일

그러니까 동료들은 나를 위해 모금을 했던 걸세. 심지어 피트 영감까지 몇 프랑을 보냈다고 하더군.

동료들은 마지막으로 내 손을 따뜻하게 꼭 잡아 주고는 떠나갔네.

내가 건강을 되찾을 때까지 식구와 아이들이랑 주사위 놀이를 하라는 뜻만 남겨 두고.

식구는 아무것도 묻지 않았네. 지금은 근심 어린 얼굴로 저녁 식사를 준비하고 있는데, 퉁명스럽게 무슨 말이라도 하면 금방 눈물을 쏟을 것만 같았네.

14

14일 전 나는 전국에 걸쳐 중개상 서른 명을 고용했네. 그들은 급료를 따로 받지는 않지만 대신 꽤 쏠쏠한 수수료를 챙기기로 했네. 그런데 어찌된 일인지 주문이 들어오지 않았네. 이 인간들은 대체 무엇을 하고 있단 말인가? 편지도 없었네. 그런데도 형님은 매일 들러 지겹지도 않은지 계속 판매량을 물어보았네.

나는 장터에서 도살용 가축을 사듯 중개상들을 첫 인상으로 고를 수밖에 없었네.

나는 이들을 열 명 단위로 사무실로 불렀네. 한 집단은 좀 일찍, 다른 집단은 좀 늦게 부르는 식으로 말일세. 경쟁자끼리 부딪쳐 봤자 불편하기밖에 더하겠나? 모름지기 굶주린 개들은 한 그릇으로 밥을 먹이는 게 아닌 법이지.

이웃집 페터르스 부인은 할 일이 무척 많았을 걸세. 갑자기 우리 집에 무슨 일이 있나 했을 테니까.

면접을 보는 것은 처음부터 끝까지 놀람의 연속이었네.

멋들어진 편지의 주인공이 실제로 만나 보면 편지와 정반대로 허접스러운 인간일 때가 더러 있었네. 그 밖에 덩치 큰 사람이나 왜소한 사람도 있고, 나이 든 사람이나 젊은 사람도 있었으며, 자식이 있는 사람과 없는 사람도 있었고, 세련되게 차려입은 사람이나 넝마 같은 옷을 걸친 사람도 있었고, 애원하는 사람이나 협박하는 사람도 있었네. 어떤 이들은 가족이 부자라거나, 전직 장관과 안면이 있다는 얘기를 내세우기도 했네. 그렇게 잘난 척하는 인간들을 단 한마디 말로 하찮은 존재로 만들어 버리는 자리에 앉아 있으니 참으로 기분이 묘했네.

어떤 이는 솔직하게 자신은 지금 배가 고프고, 중개상 일은 맡지 않아도 좋으니 치즈 하나만 주면 만족해서 돌아가겠다고 고백하기도 했네. 이 말에 나는 가슴이 뭉클해져서 실제로 에담을 하나 줘서 보냈네. 이 친구는 집을 나갈 때 내 식구도 잘 구슬려 내 헌 신발을 가져갔다고 하더군.

내 사무실이 너무 따뜻하다며 나갈 생각을 하지 않는 사람도 여럿 있었네. 차비도 안 주면서 안트베르펜까지 오게 한 것은 잘못되었다고 따지는 사람도 둘이나 있었고. 그런 사람한테는 싫든 좋든 차비를 줄 수밖에 없었지. 나는 후보자들을 실제로 본 느낌을 그들이 보낸 편지지 위에다 다음과 같이 짤막하게 기록했네. 나쁨, 의심스러움, 좋음, 대머리, 술꾼, 지팡이를 들고 있음 등등. 그럴 수밖에 없던 것이 열 번째 면접이 끝난 다음에는 처음 면접 본 사람의 얼굴이 전혀 기억이 나지 않았기 때문이지.

나는 다시 한 번 심각한 고민에 빠졌네. 안트베르펜은 내가 직접 챙겨야 하지 않을까 하고 말일세. 그러니까 이 도시에서만큼은 프랑스 라르만스가 가프파의 중개상 업무를 직접 맡아야 하는 게 아닌가 하는 것이지. 하지만 텅 비어 있을 사무실이 계속 마음에 걸렸네. 만일 전화를 했는데도 받는 사람이 없으면 손님들이 가프파를 어떻게 생각하겠는가?

그런 고민에 빠져 있을 즈음 막내 처남이 찾아와 자기가 혹시 안트베르펜을 맡으면 안 되겠느냐고 물어보았네. 처남은 원래 다이아몬드 세공사인데 장기 불황으로 일거리가 없어 몇 개월째 놀고 있었네.

「누님 말로는 자형하고 상의해 보라고 하던데요.」

처남은 겸손한 듯하지만, 좀 더 힘센 곳에서 비호를 받고 있다고 믿는 자의 태도로 말했네.

나는 부업으로 그 〈누님〉이라는 사람을 찾아가 그게 사실이냐고 물었고, 그게 사실임을 확인했네. 물론 식구는 동생이 매일 찾아와 치즈 문제로 졸라 댔다고만 말했

을 뿐이지만 말이네. 어쨌든 이제 식구가 결정권자가 아
닌 것은 분명해졌네. 예전에 사무실 벽지 문제를 결정할
때와는 180도로 달라진 것이지.

「그래서 막내 처남한테 안트베르펜을 맡기라는 거야,
뭐야?」

내가 다시 한 번 사무적인 톤으로 물었네. 식구를 날
카롭게 바라보면서.

식구는 내가 알아듣지 못하는 말을 몇 마디 중얼거리
더니 빨래 바구니를 들고 지하실로 내려가 버렸네.

이런 상황에서 내가 처남과 함께 일을 하는 것 말고 뭘
더 어쩔 수 있겠나? 제대로 일을 못하면 아무리 처남이
라고 하더라도 바로 내쫓을 작정이지만. 물론 그리되면
생때같은 내 치즈들을 얼마간 잃을 각오는 해야겠지.

나는 주문장 인쇄를 맡겼네. 주문장은 여러 칸으로 나
뉘어 있었네. 주문 날짜, 구매자의 이름과 주소, 2킬로그
램 치즈 27개들이 상자 수, 킬로그램당 가격, 결제 기한
같은 칸들이었지. 주문장 하나로 주문을 열다섯 개 할
수 있었네. 처음에 나는 모든 중개상에게 주문장을 열
장씩 주었네. 5주 동안 쓰기에 충분한 양이었지. 이처럼
모든 일은 되도록 간단하고 실용적으로 꾸몄네. 중개상
들이 매주 월요일과 목요일에 주문장을 작성해서 우편
으로 보내면 나머지는 자동으로 처리되도록 한 것이지.

그런데 주문장이 하나도 도착하지 않는 걸세. 결국 나는 무슨 일인지 확인하려고 브뤼셀의 두 중개상, 즉 누닌크스와 들라포르주 씨를 직접 찾아가 보기로 했네. 혹시 지원이 필요하면 충고든 행동이든 전혀 아끼지 않을 생각으로 말일세. 다른 도시들은 중개상이 하나씩이었지만, 브뤼셀은 동쪽과 서쪽으로 나누어 두 명에게 맡겼네. 혼자서 영업을 하기엔 도시가 너무 크다고 판단한 거지.

전차를 타고 끝없이 달린 끝에 확인한 것이라고는 내가 아는 주소에 〈누닌크스〉라는 사람이 살지 않는다는 사실이었네. 그렇다면 대체 그 작자는 내 편지를 어떻게 받았을까? 편지가 반송되어 오지도 않았는데 말이네.

들라포르주는 반대편 구역에 살고 있었는데, 내가 보기에 다락방인 것 같았네. 계단이 위로 더 이상 이어지지 않았기 때문이지. 계단참에는 빨래가 널려 있고, 복도에서는 청어구이 냄새가 났네. 한참을 노크한 끝에 마침내 들라포르주가 셔츠 차림으로 문을 열어 주었네. 자다 일어났는지 두 눈이 퉁퉁 부어 있더군. 그는 나를 알아보지 못했네. 다만 내가 누군지 내 입으로 말하고 나자 이제 치즈에 관심이 없다며 내 코앞에서 문을 쾅 닫아 버렸네.

무슨 이런 일이 다 있는지 나는 도무지 이해할 수가 없었네.

15

나는 깊은 근심에 빠진 채 스혼베커 씨 집의 정기 모임에 마지못해 참석했네. 그런데 절반과도 악수를 채 나누지 않았을 때 스혼베커 씨는 또다시 내게 축하 인사를 건넸네. 이번만큼은 나도 못마땅한 시선으로 그를 노려보았네. 계속되는 이 근거 없는 축하가 굴욕적으로 느껴졌기 때문이지. 나는 바보가 되고 싶지 않았네. 왜 이유 없이 놀림을 받아야 한단 말인가? 그러나 몇 마디 뒤에 스혼베커 씨는 나를 포함해 모든 손님들에게 이렇게 설명했네.

「우리의 친구 라르만스 씨가 벨기에 치즈 상인 연합회 회장에 뽑혔습니다. 라르만스 씨의 큰 성공을 위해 건배를 듭시다.」

모두들 잔을 비웠네. 무엇이건 핑곗거리만 있으면 스혼베커 씨의 와인으로 건배를 들 준비가 되어 있는 사람들이었기 때문이지.

「이 양반은 크게 출세할 겁니다.」

금니를 한 남자가 나를 가리키며 말했네.

나는 손사래를 치며 항변했네. 주최자의 썰렁한 농담을 갖고 이리 호들갑을 떨 필요가 없었기 때문이지. 그런데 에담 치즈를 혼자만 반 개 주문한 그 늙은 변호사가 나서서 내 의견을 묵살했네. 나처럼 자수성가한 사람은 이제 그 케케묵은 겸양의 외투를 벗어 던져도 된다는 것이지.

「라르만스 선생, 이제 치즈의 깃발을 높이 치켜드세요!」

갈 때 나는 스혼베커 씨에게 왜 그런 농담을 했는지 물었네. 그는 그게 실제로 결정된 사항임을 다시 한 번 강조하며 내게 다정히 웃어 주었네. 선의가 깔려 있는 건 분명해 보였네.

「회장님이라니, 이 얼마나 멋진 말이오?」

스혼베커 씨가 경탄하듯이 말했네.

그는 이 일이 나 하나의 위신만 올려 준 것이 아니라 간접적으로는 자신과 이 자리에 있는 모든 친구의 위신까지 올려 주었다고 생각하는 듯했네. 나는 이 모임이 두 번째로 배출한 회장이었네. 안트베르펜 곡물 수입상 연합회 회장이 첫 번째였지.

나는 이 상황을 도대체 이해할 수가 없었네. 회장을

시켜 달라고 부탁한 적도 없을 뿐 아니라 설령 내가 거기 회원이라고 하더라도 그 연합회에 대해서는 아는 것이 전혀 없었기 때문이지.

설명은 이튿날 아침 우편으로 도착했네. 치즈 상인 연합회에서 편지를 보낸 걸세. 거기엔 내가 연합회 회장 대리로 선출되었다고 적혀 있더군. 황당했네. 〈회장 대리〉는 또 뭐란 말인가? 아무튼 회장 대리도 내겐 너무 과한 자리였네. 게다가 나는 지금 누구를 대리할 입장이 아니었네. 자기 문제 하나도 제대로 처리하지 못하는 주제에 누가 누굴 대리한다는 말인가! 내가 바라는 것이라고는 형님이 제발 입 좀 다물어 주었으면 하는 것과 내 사무실이 잘 굴러가고 내 중개상들이 물건을 많이 팔아 주었으면 하는 것뿐이었네. 그러니 제발 날 좀 가만히 내버려 두었으면 좋겠다는 생각밖에 없었네.

편지에는 내가 회장 대리로 선출된 이유가 적혀 있었네. 3년 전 치즈에 붙는 수입 관세, 즉 상품 가격에 따라 매기는 종가세가 10퍼센트에서 20퍼센트로 올랐는데, 전임 회장의 주도하에 이 세율을 다시 10퍼센트로 돌리려고 해마다 무던히 노력해 왔지만 번번이 뜻을 이루지 못했다고 하더군. 그래서 이번 주 금요일, 그러니까 벌써 내일이었네, 상무부에 면담을 신청해 놓았는데, 내가 대표단을 이끌어 줬으면 한다는 것이었지. 어투는 정중했지만 태도는 확고해 보였네.

편지를 읽는 순간 나는 극도의 불안에 빠졌네. 그도 그럴 것이 이런 단체의 회장 이름은 언론에 쉽게 실리지 않겠나? 나 같은 사람도 그 정도는 알고 있네. 내 사진이 벨기에 치즈 상인 연합회 대표로 떡하니 실린 신문 앞에 하머르 씨를 비롯해 조선소 전 직원이 우르르 몰려드는 위험은 결코 감수하고 싶지 않았네. 절대 일어나서는 안 되고, 절대 받아들일 수도 없는 일이지.

나는 내일 브뤼셀로 갈 걸세. 그래서 그 사람들한테 건강이 허락지 않아 그 자리를 맡을 수 없다고 분명히 말할 작정이네. 그 사람들이 내 말을 안 들으면 나는 즉시 연합회 탈퇴를 선언하고, 앞으로 다시는 상종하지 않을 것이네. 스혼베커 씨한테는 미안한 일이지만 나로서는 어쩔 수가 없네.

나는 펠리스 호텔에서 치즈 연합회 간부 네 명을 만났네. 브뤼셀에서 온 헬러만스 씨, 리에주에서 온 뒤피뢰 씨, 브뤼허에서 온 브뤼앙 씨, 그리고 마지막으로 헨트에서 온 신사였는데, 이 네 번째 남자의 이름은 제대로 듣지 못했네. 시간이 촉박한 관계로 우리는 인사를 나누자마자 바로 길을 나서야 했네.

결국 나는 도중에 준비해 온 말을 할 수밖에 없었지.

「신사분들, 제 말을 기분 나쁘게 듣지 마십시오. 저는 회장 대리를 맡을 수 없습니다. 다른 분을 찾아보십시오. 그러면 정말 감사하겠습니다.」

나는 거의 애원조로 말했네.

그러나 그 사람들은 뜻을 굽히지 않았네. 그렇다고 우린 돌아갈 수도 없는 상황이었네. 상무부 실장이 10시에 우리를 기다리고 있었기 때문이지. 아니, 어쩌면 상무부 장관이 직접 기다리고 있을지도 몰랐네. 게다가 우리 다섯 명의 명단은 벌써 상무부에 제출된 상태였네. 연합회 사람들은 내가 이런 식으로 거부하고 나오리라고는 전혀 예상을 못한 것 같았네. 아니, 정반대였던 것 같네. 그러니까 내가 그 자리를 맡고 싶어 안달이 난 것처럼 안트베르펜의 그 변호사가 말했다는 걸세. 역시 여기서 또 드러났네. 내 친구라는 그 끔찍한 변호사 양반은 내가 위로 올라가는 것만 보고 싶어 할 뿐이라는 사실 말이네.

뒤피뢰 씨가 초조한 기색으로 말했네.

「잠깐, 제 말 좀 들어 보십시오. 선생이 회장 자리를 맡고 싶지 않더라도 최소한 이번 상무부 항의 면담 자리만큼은 함께해 주시지요. 그 자리만 끝나면 더는 안 말리겠습니다.」

나도 결국 그 조건을 받아들이고 함께 길을 나섰네.

한동안 우리가 양조업자 대표단과 함께 대기실에 앉

아 있는데, 비서가 나타나 치즈 연합회를 소리쳐 부르더니 우리를 상무부 실장 로번데검 드 포텔스베르허 씨의 집무실로 안내했네. 그는 우리에게 정중하게 인사하더니 자기 책상 앞에 놓인 의자 다섯 개를 가리켰네.

「앉으시지요, 회장님.」

헬러만스 씨가 내게 자리를 권했네. 내가 의자에 앉자 나머지 사람들도 자리를 잡았네.

실장은 안경을 바로 쓰더니 서류 뭉치에서 서류 한 장을 집어 대충 훑어보기 시작했네. 읽어 내려가는 속도가 빠른 걸 보니 핵심 내용은 벌써 파악하고 있는 게 분명했네. 실장은 읽는 동안 마치 해결하기 쉽지 않은 난제를 앞에 두고 있는 것처럼 여러 번 고개를 절레절레 흔들거나 어깨를 으쓱했네. 그러다 마침내 의자에 등을 깊숙이 기대더니 우리에게 눈길을 주었네. 특히 내게로.

실장이 입을 열었네.

「신사 여러분, 정말 미안한 말씀이지만 올해는 힘들겠습니다. 언론과 의회를 동원한 국내 치즈 업자들의 격렬한 반대야 말할 것도 없고, 언제 어느 때 국가 예산에 구멍이 뚫릴지 모르기 때문이죠. 내년에 다시 검토해 보도록 하겠습니다.」

이어 그의 전화기에 벨이 울렸네.

「비둘기 사육업자들은 좀 기다리라고 해. 아직 치즈

사업자들과도 얘기가 안 끝났잖아.」 실장은 퉁명스럽게
툭 내뱉더니 수화기를 내려놓았네.

그가 위로하듯이 말을 이어 갔네.

「하지만 이것만큼은 약속드리죠. 만일 국내 치즈 업자
들이 아무리 강하게 10퍼센트 추가 인상을 요구하더라
도 그건 받아들이지 않겠다고 말입니다.」

실장은 이 말을 끝으로 시계를 흘끗 바라보았네.

나의 네 참모가 일제히 내게로 고개를 돌렸네. 하지만
내가 말을 꺼낼 기미를 보이지 않자 뒤피뢰 씨가 대신 입
을 열어, 그 이야기는 오래전부터 알고 있다고 대답했네.
면담 때마다 똑같은 말을 들었다는 걸세. 그 뒤로 국산
치즈와 외국산 치즈 종류에 대한 토론이 혼란스럽게 이
어졌네. 듣도 보도 못한 통계 자료까지 들먹여 가면서.
어느 순간 네 사람의 목소리가 하나의 웽웽거림으로 녹
아들더니 내게서 점점 멀어지는 듯했네. 그러다 충분히
멀어졌다 싶을 때 내가 내려다보니 광신자들처럼 열심히
말을 쏟아 내는 네 남자가 저 밑으로 보였네. 인생의 황
금기를 치즈 하나에 바친 늙수그레한 헬러만스, 혈색 좋
은 얼굴에 굵은 금줄을 배에 늘어뜨린 비대한 몸집의 브
뤼앙, 자제할 줄 모르고 툭하면 성을 내는 자그마한 뒤
피뢰, 마지막으로 손에 사마귀가 있고 한 마디도 놓치지
않겠다는 듯 앞으로 몸을 내민 채 팔꿈치를 무릎에 대고

있는 헨트에서 온 그 남자. 다들 치즈 세계에서는 유명하고, 자기만의 역사와 전통이 있고, 거기다 권위와 돈까지 있는 남자들이었네. 이들 사이에 화학보다 치즈에 대해 더 아는 것이 없는 불쌍한 프란스 라르만스가 끼여 있었네. 혐오스러운 치즈 벌레 같은 이 남자들의 눈에 나는 어떻게 비칠까? 근본도 없는 개뼈다귀 같은 인간으로 보이지 않을까? 순간 내 의자가 갑자기 자동으로 뒤로 밀리는 것 같더니 내가 벌떡 일어나서는 치즈밖에 모르는 얼간이 네 명을 경멸스럽게 내려다보며, 이제 정말 지겨워 죽겠으니 그 입 좀 닥치라고 악을 썼네.

네 사람은 어이없는 표정으로 나를 빤히 쳐다보았네. 마치 광기의 급성 발작을 목격한 사람들처럼.

포텔스베르허 실장까지 얼굴이 하얗게 질리는 것이 보이더군. 그는 책상을 돌아 급히 내게로 다가오더니 그 흰 손으로 달래듯이 내 팔을 잡았네.

「진정하세요, 라르만스 씨. 진정하세요.」실장이 나를 달랬네. 「제 말은 그런 뜻이 아니었습니다. 올해는 일단 관세율을 5퍼센트만 인하하고, 나머지 5퍼센트는 내년에 인하하는 건 어떻습니까? 우리 입장도 조금 헤아려주십시오. 한 번에 다 인하하는 건 아무래도 무리가 있습니다.」

「동의합니다.」

헨트에서 온 남자가 말했네. 이로써 협상은 종료되었네.

얼마 뒤 나는 치즈 동료 네 명에 둘러싸여 인도에 서 있었네. 그들은 동시에 내 손을 잡고 놓을 줄을 몰랐네.

「라르만스 씨……」 뒤리푀 씨는 감정이 북받쳐 쉽게 말을 잇지 못했네. 「고맙습니다. 이런 일이 생기리라고는 정말 꿈에도 기대하지 못했습니다. 정말 대단하십니다.」

「그럼 내 회장 임기는 이제 완전히 끝난 거죠? 안 그렇습니까, 신사분들?」

「물론이죠.」 브뤼앙 씨가 나를 안심시켰네. 「더는 귀찮게 안 하겠습니다.」

16

암스테르담의 호른스트라 씨한테서 편지가 왔네. 화요일에 파리로 갈 일이 있는데, 지나가는 길에 벨기에에 들러 치즈 20톤에 대해 대금 정산을 하고 싶다는 걸세. 여기 도착 시간은 11시쯤 될 거라고 했네.

창피해서 그런 건지, 화가 나서 그런 건지는 몰라도 나는 편지를 읽으면서 얼굴이 새빨개졌네. 이제 부족할 것이 하나도 없는 이 사무실에 나를 쳐다보는 사람은 하나도 없는데 말일세.

나는 편지를 주머니에 단단히 챙겨 넣었네. 식구는 이 사실을 몰랐으면 했기 때문이지. 만일 식구가 알게 되는 날이면 틀림없이 형님 귀에도 들어갈 걸세. 어쨌든 이제 한 가지는 분명해졌네. 닷새 안에 매상을 올리지 않으면 가프파는 침몰할 것이네. 아니, 닷새가 아니라 나흘이었네. 장사꾼은 일요일을 계산에 넣지 않으니까.

나는 다락방에서 다시 그 버들가지 가방을 허둥지둥 꺼내 거기다 치즈 하나를 집어넣었네. 식구는 분명 내 친구들이 추가 주문을 했을 거라고 짐작할 걸세.

서둘러, 프랑스! 널찍한 책상에 앉아 고상하게 사장 행세나 하던 짓거리는 집어치우고 당장 발로 뛰라고! 지금 믿을 건 너의 혀와 고지방 치즈의 품질뿐이야!

나는 어디로 가야 할지 정확히 알고 있었네. 어디든 치즈를 파는 곳이었지.

그런데 뭐라고 이야기하지? 아무 치즈 상점이나 무턱대고 들어가 내 치즈를 살 마음이 없는지 물어보아야 할까?

이제야 내가 얼마나 경험이 부족한지 절실히 깨달았네. 지금껏 연필 한 자루 팔아 본 적이 없는 인간이었던 걸세. 그런 인간이 이제 그 많은 치즈를 한꺼번에 팔아야 하는 상황에 빠졌네. 앞이 막막했지. 하지만 영영 풀지 못할 문제는 아니라는 생각이 들었네. 어떻게 보면 지극히 일상적인 문제였으니까. 생각해 보게. 세상의 수백만 상인이 매일 하는 일이 뭔가? 물건을 파는 일 아닌가?

증정 받은 「르 수아르」지가 아직 내 책상 위에 놓여 있었네. 나는 내가 낸 광고를 다시 한 번 살펴보려고 신문을 펼쳤네. 광고는 지금 당장 함께 일하고 싶은 마음이 생길 정도로 근사했네.

그런데 내 눈이 나도 모르게 이 광고 바로 밑의 작은 광고로 스르르 내려갔네.

다년간의 경험을 바탕으로 판매에 어려움을 겪는 사업가와 중개상분들께 서면 및 구두 조언을 해드립니다. 〈보르만, 브라스하에트 구역의 장미 빌라.〉

주소는 내 집 근처였네. 순간 이런 후회가 밀려들었네. 결정적인 첫걸음을 내딛기 전에 왜 이 남자를 찾아가 조언을 구할 생각을 하지 못했을까?

이제라도 나는 그렇게 하기로 마음먹었네. 지금은 돌팔이 의사한테라도 한번 매달려 보고 싶은 절박한 환자의 심정이었네.

내 순서가 올 때까지는 기다려야 했네.

보르만 씨는 사람을 뚫어지게 바라보는 습관을 가진, 머리가 큰 정정한 노인이었네. 창을 등지고 앉아 있는 것이 마치 등 뒤의 환한 햇빛을 후광처럼 손님에게 비추는 듯했네.

그는 중간에 말을 끊지 않고 내 가프파 이야기를 다 듣고 나더니 지금 내게 중요한 것은 두 가지라고 하더군. 즉 어떻게 치즈 상점의 문을 열고 들어갈 것이며, 들어가서는 무슨 말을 할 것이냐 하는 것이지.

그의 말을 직접 들어 보겠나?

「무엇보다 첫인상이 중요합니다. 첫인상에는 가게 문을 열고 들어가는 모습이 큰 영향을 끼칩니다. 누군가는 뭔가를 갖고 온 사람처럼 보이고, 누군가는 뭔가를 부탁하러 온 것처럼 보이죠. 또한 사업가나 거지처럼 보이는 사람도 있고요. 그런데 그 사람이 거지처럼 보이느냐 아니냐 하는 데에는 옷차림보다 태도나 목소리 톤이 더 크게 영향을 끼칩니다.」

그렇다면 무심하게 들어가는 것이 좋다고 했네. 입에 시가를 물고 들어가는 것도 괜찮은 방법이고. 그런 다음 우아한 몸짓으로 가방을 내려놓으라는 걸세. 그 안에 치즈가 들어 있으리라고는 누구도 짐작하지 못할 만큼 우아하게. 그러고는 잠시 실례해도 되겠느냐고 정중히 물어보라고 했네.

주인은 당연히 그러라고 할 걸세. 잠시 실례하겠다는 데 야박하게 손사래를 치며 실례하지 말라고 얘기하는 사람은 없을 테니까.

보르만 씨의 말을 좀 더 들어 보겠나?

「일단 앉으라고 할 겁니다. 그런 말이 없더라도 상황을 봐서 본인이 알아서 앉으세요. 착석한 다음에는 이렇게 말하세요. 〈사장님, 우리가 특별히 암스테르담에서 여기까지 온 것은 사장님 가게를 면밀히 조사한 끝에 안

트베르펜에서 우리의 고지방 가프파 치즈에 대한 독점 판매권을 사장님께 드리기 위해서입니다.〉

이때 〈우리〉라고 말한 것은 가프파의 공식 위원 전원이 이리로 출동했다는 것을 은근히 암시하는 겁니다. 만약 그쪽에서 물어보면, 나머지 위원들은 어젯밤 여기 도착한 후 술을 한잔해서 호텔에서 쉬고 있다고 둘러대면 되겠죠.

〈특별히 암스테르담에서〉 왔다는 말에 그 사장님의 마음은 약해질 수밖에 없을 겁니다. 자기가 치즈를 사지 않으면 특별히 시간을 내어 여기까지 온 위원회가 빈손으로 돌아가야 할 텐데, 그 사정을 알면서도 나 몰라라 할 사람이 몇이나 되겠습니까? 게다가 이 일로 인해 자기 가게에 대한 신뢰가 흔들리는 것도 마음에 걸릴 겁니다. 〈사장님 가게를 면밀히 조사했다〉는 말 속에는 사전에 안트베르펜을 샅샅이 훑었는데, 유일하게 사장님 가게만 시험을 통과했다는 의미가 담겨 있기 때문이죠. 그리고 굳이 〈우리〉의 고지방 치즈라고 말한 것도 당신들의 배후에 네덜란드 전 치즈 산업이 버티고 있다는 것을 은근히 암시하고 있는 겁니다.」

보르만 씨는 이외에도 실제 도움이 될 여러 강의를 해줄 준비가 되어 있었지만 그럴 시간이 없었네. 호른스트라 씨가 지금도 진군해 오고 있었기 때문이지.

보르만 씨를 방문한 것은 가프파의 침몰을 막을 마지막 기회였네. 이제 나는 세상으로부터 어떤 도움도 받지 않고 오직 혼자서 치즈라는 괴물과 맞부딪쳐야 했네.

일단 나는 가방을 들고 들키지 않게 페터르스 부인 집을 지나 전차를 타서는 그 치즈 가게로 향했네. 암스테르담에서 계약을 마치고 돌아온 날 우연히 길에서 본 그 가게 말이네. 처음에 나는 가게 앞에 우두커니 서서 진열창 안에 에담 치즈가 있는지 찾아보았네. 갖가지 치즈들 가운데 역시 에담도 하나 있더군. 한가운데가 절단된 채로. 물론 내 가프파 치즈와는 비교가 되지 않았지. 그건 한눈에 알아볼 수 있었네.

가게 안에서는 그날 저녁과 똑같이 악취가 새어 나오고 있었네. 그런데 이상한 것은, 내가 이 분야에 몸담은 지 꽤 지났음에도 그때보다 지금이 더 악취를 견디기 힘들었다는 걸세. 비위가 더 약해진 것일까? 아니면 그냥 기분 탓일까?

이 가게는 장사가 잘되는 것 같았네. 아니, 그건 확실했네.

안에는 손님이 여섯이나 있었고, 여종업원들은 물건을 자르고 포장하고 계산하느라 여념이 없었네. 〈뭘 드릴까요, 손님?〉 하고 묻는 한 종업원의 목소리가 밖에까지 들려왔네.

나는 손님들이 있는 한 안으로 밀고 들어갈 수가 없었네. 내 고지방 치즈를 설명하려면 얼마간 시간이 필요한데, 그 시간 동안 장사를 멈추게 할 수는 없었기 때문이지. 내가 즉시 용건을 꺼내지 않으면 저 사람들은 아마 〈뭘 드릴까요, 손님?〉 하고 물을 것이네. 그리되면 서로의 역할이 바뀌지 않겠나?

손님들로 복작거리던 가게가 좀 한산해졌네. 가게 안에는 이제 부인 한 사람밖에 남지 않았네.

지금이 적기일까? 아니면 좀 더 기다려야 할까?

할 일이 없는 여종업원 둘이 나를 보더니 자기들끼리 뭐라고 쑥덕거리면서 키득거리기 시작했네. 그러다 좀 더 나이 든 여자가 거울을 흘깃 바라보며 도도한 표정으로 앞치마까지 매만졌네. 설마 내가 자기들이 마음에 들어서 여기 이러고 있는 걸로 착각한 것일까?

나는 시계를 보면서 그들에게 등을 돌렸네. 그렇게 잠시만 더 있다가 저 앞에 보이는 카페 〈바스 타버른〉까지 걸어갔네.

그리고 곧장 카페로 들어갔네. 한 경찰관이 나를 벌써 여러 차례 주시하는 것을 느꼈기 때문이지. 나는 페일 에일 맥주를 주문해서 한 번에 쭉 비운 뒤 바로 한 잔을 더 시켰네.

이대로 시도도 못해 보고 집으로 돌아가는 것은 절대

있을 수 없는 일이었네. 나중에라도 자책감으로 가슴을 쥐어뜯고 싶지는 않았기 때문이지. 당당할 필요가 있었네. 내가 저 가게 여종업원들한테 쫓겨날 이유가 없지 않은가?

두 번째 잔도 곧 비워졌네. 나는 버들가지 가방을 흘깃 내려다보다가 얼른 집어 들고는 치즈 가게로 쳐들어갔네. 이제 남은 것은 정면 대결뿐이었네.

진열창을 지나가면서 나는 살짝 눈을 감았네. 가게 안에 손님이 얼마나 있는지 보지 않기 위해서였지. 수백 명이 북적거리더라도 나는 안으로 밀고 들어갈 것이고, 기회를 봐서 해야 할 말을 할 것이네. 정 안되겠다 싶으면 내 가방에 걸터앉아 언제까지라도 기다릴 생각이었지. 더는 부끄러운 게 없었으니.

가게는 텅 비어 있었네. 하얀 앞치마를 두른 처녀 넷만 판매대 뒤에 서 있었네.

넷 중 누구에게 말을 걸어야 할까? 돌아가면서 한 사람씩 눈을 마주치는 것은 바람직하지 않았네. 넷이 동시에 대답하면 나는 당황해서 말을 버벅거릴 수도 있었기 때문이지.

그래서 나는 아까 거울을 보며 교태를 부리던 가장 나이 많아 보이는 아가씨에게 고개를 돌리고 말했네. 여기 안트베르펜에서 우리 고지방 가프파 치즈에 대한 독점 판매권을 플라턴 씨에게 제공하고자 특별히 암스테르담에서 왔다고. 그것도 경쟁 업체보다 훨씬 유리한 가격으로 말이네.

〈플라턴〉이라는 이름은 진열창 위에 적혀 있었는데, 나는 그걸 놓치지 않았던 걸세.

그런데 내 말이 한 마디씩 늘어날 때마다 여종업원의 입도 점점 벌어지는 것 같더니, 마침내 내 말이 끝에 다다르자 그녀는 영문을 모르겠다는 듯이 말했네.

「지금 무슨 말씀을 하시는 건지…….」

웃기는 일이지만, 뭔가를 팔러 온 사람은 이렇듯 이해받지 못하는 세상이네.

나는 혹시 플라턴 씨를 불러 줄 수 없는지 물었네. 이 4인조 여자들하고는 계속 말해 봤자 소용이 없을 것 같았기 때문일세. 게다가 손님 셋이 동시에 들이닥치더니 곧이어 두 사람이 더 들어오는 게 아닌가? 가게 안에서는 벌써 여기저기서 손님맞이 구호가 쏟아졌네.

「어서 오십시오. 뭘 드릴까요, 부인?」

이렇게 해서 나만 혼자 커다란 버터 덩어리들과 계란 바구니, 통조림 더미 한가운데에 내버려졌네.

그래도 어쩌겠나, 손님이 우선인걸. 그건 바뀔 수 없는 노릇 아닌가?

쉴 새 없이 딸랑거리는 금전등록기 소리와 여기저기서

〈감사합니다, 손님!〉 하는 말이 가게 안에 가득 울려 퍼졌네.

그때 내가 갑자기 물었네. 플라틴 씨가 혹시 지금 여기 없느냐고. 그러자 가게 뒤편에 사장님 사무실이 있으니 직접 가보라는 허락이 떨어졌네.

버터 덩어리들 옆을 조심조심 지나 뒤로 돌아가자 유리문이 나타났네. 살며시 안을 들여다보니 정말 거기에 누가 앉아 있었네. 플라틴 씨가 분명했네. 그게 아니면 누구겠나? 노크를 하자 그가 들어오라고 소리쳤네.

그의 사무실은 내 거와는 비교가 되지 않았네. 사무실인 동시에 응접실이라고 해야 할까! 안에는 심지어 가스레인지까지 있었네. 이런 데서 어떻게 일을 할 수 있는지 선뜻 이해가 가지 않았네. 이런 게 정말 사업가에게 어울리는 환경일까? 모를 일이네. 아무튼 여기저기 서류가 흩어져 있었고, 플라틴 씨는 무척 바쁜 것 같았네. 지금은 그냥 맨셔츠 바람으로 누군가와 통화를 하고 있었네.

그는 수화기를 귀에 댄 채 무슨 일이냐고 눈으로 물었네. 나는 계속 통화를 하라고 손짓했네. 이어 그가 찾아온 목적을 물었네. 곧 시내에 가야 해서 시간이 없다는 것이네.

나는 아까 가게에서 여종업원에게 했던 말을 반복했네. 짐짓 차분한 어조로 다리까지 꼰 채로.

플라턴 씨는 나를 빤히 바라보더니 〈5톤!〉 하고 말했네.

내가 너무 놀라 만년필을 꺼내 들자 그는 전화기에 대고 같은 말을 반복했네.

「5톤을 공급할 수 있소. 킬로당 14프랑 가격으로.」

그는 전화를 끊고 자리에서 일어나더니 와이셔츠를 입었네.

「혹시 누굴 위해 일하시오?」

플라턴 씨의 물음에 나는 즉시 〈호른스트라〉라는 이름을 댔네.

「나도 치즈 도매업을 하는 사람이요. 호른스트라 씨도 잘 알죠. 몇 년간 벨기에와 룩셈부르크 공국에서 그 사람을 대신해 물건을 팔았으니까. 하지만 내겐 너무 비쌌소. 그래서 거래를 계속할 수 없었죠. 그러니 시간 낭비는 그만합시다, 선생.」

그러니까 호른스트라 씨는 나한테만이 아니라 플라턴 씨에게도 룩셈부르크를 덤으로 주었던 걸세.

「같이 나가겠소?」 그가 물었네. 「시내로 간다면 내 차로 모셔다 드리죠.」

나는 그 말대로 했네. 4인조 여종업원들의 놀란 시선을 받으며 가게를 나갈 수 있는 최상의 기회였으니까.

나는 차 안에 얌전히 앉아 있었네. 플라턴 씨가 좀 더 작은 치즈 가게 앞에서 내릴 때까지. 아마 그가 베를린까지 간다고 했어도 나는 동행했을 걸세.

　나는 고맙다고 인사를 전한 뒤 가방을 챙겨 들고 전차를 탔네.

　이제 내 속의 배터리는 다 방전되었고, 가슴속에서는 피가 철철 흘러내리고 있었네.

17

집에서는 뜻밖의 일이 나를 기다리고 있었네. 얀이 학교에서 돌아오자마자 치즈를 팔았다고 난리 법석을 떠는 게 아닌가!

「그것도 한 상자나 팔았어요.」

얀이 주장했네.

내가 아무 말도 못 들은 것처럼 신문을 집어 들자 얀은 쪼르르 전화기로 가더니 다이얼을 돌려 반 친구하고 통화를 하기 시작했네. 처음에는 영어로 시시껄렁한 이야기나 나누는 것 같더니, 곧 그 친구한테 아버지를 전화기로 불러 오라고 부탁하는 소리가 들렸네.

「빨리 안 부르면 내일 내 왼 주먹 어퍼컷 맛 좀 볼 줄 알아!」

곧이어 얀이 소리쳤네.

「아빠, 전화 받아 보세요!」

얀의 말이 맞았네. 전화선 저쪽에서 얼굴도 모르는 상냥한 남자가 얀의 아버지와 이렇게 인연을 맺게 되어 반갑다고 하면서 치즈 27개들이 한 상자를 보내 달라고 하지 않겠나?

아무튼 얀은 형님이 왔을 때도 그 자랑부터 했네.

「큰아버지, 제가 치즈를 팔았어요!」

「거 잘했구나. 하지만 학생은 무엇보다 그리스와 라틴어 공부부터 열심히 해야지. 치즈는 네 아버지한테 맡기고.」

나는 얀의 친구 아버지가 고마워 당장 택시를 집어타고 치즈 상자를 직접 배달해 주었네.

저녁에 얀과 이다가 싸웠네.

얀이 동생을 놀렸던 거지. 지금껏 치즈를 하나도 못 팔았다고. 얀은 도-레-미-파-솔-라-시-도 음계에 맞춰 〈치즈, 치즈, 치즈, 치즈〉 하고 노래를 불러 댔네. 딸아이가 더는 참지 못하고 달려들자 오빠는 긴 팔을 이용해 동생이 걷어차지 못하도록 간격을 유지했네. 그러다 마침내 딸아이는 눈물을 터뜨리며 이렇게 고백했네. 학교에 가서 더는 치즈 이야기를 꺼낼 용기가 나지 않는다고. 친구들이 모두 자기를 〈치즈 장수〉라고 부른다는 걸세.

그렇다면 이다도 그동안 학교에서 치즈를 팔려고 무던히 애쓴 모양이네.

나는 안을 정원으로 내보내 놓고 딸아이에게 입을 맞
추어 주었네.

18

나는 일을 할 수 없었네. 마지막 남은 시간을 그저 꿈처럼 살았지. 이러다 정말 병이라도 나지 않을까 걱정이 될 정도로.

그러고 있는데 예전에 스혼베커 씨가 언뜻 말한 적이 있는 공증인 제이펀 씨의 막내아들이 나를 찾아왔네.

귀하게 자라 버릇이 없어 보이는 스물다섯 살가량의 이 친구는 담배 냄새가 심했고, 1분 1초도 박자에 맞춰 발을 까닥거리지 않고는 가만히 서 있거나 앉아 있지 못하는 젊은이였네.

그 친구가 말했네.

「사장님이 알베르트 반 스혼베커 씨의 친구분이시고, 그래서 젠틀맨일 거라고 생각하고 말씀드리는 건데, 지금부터 제가 하는 얘기는 비밀로 부쳐 주실 거라 믿습니다.」

이렇게 얘기하는데 뭐라고 대꾸하겠는가? 특히 지금

같은 기분에서 말일세. 나는 그저 고개만 끄덕였네.

「제 아버지는 사장님의 가프파사에 출자할 준비가 되어 있습니다. 제 생각엔 〈빳빳한 지폐〉로 20만 프랑 정도는 쉽게 짜낼 수 있지 않을까 싶습니다. 잘만 하면 그 이상도 가능하고요.」

젊은 친구는 말을 중단하더니 내게 담배 한 개비를 건넸고, 자기도 입에 하나 물고는 나를 바라보았네. 내가 이 도입부를 어떻게 받아들이고 있는지 확인하려는 눈치였지.

「계속하시게.」

내가 차갑게 청했네. 〈빳빳한 지폐〉니 〈짜낸다느니〉 하는 표현이 귀에 거슬렸기 때문이지.

「예, 계속하는 거야 아주 간단하죠.」 젊은 친구가 뻔뻔스럽게 말했네. 「저는 가프파의 동업자로서 매달 고정적으로 4천 프랑을 받는 겁니다. 물론 사장님도 똑같은 금액을 가져가시고요. 그래야 공평하죠. 그런데 저는 장사에 재주가 없습니다. 여기서 시간을 허비할 마음도 없고요. 그래서 제안을 하나 하겠습니다. 저한테 매달 3천 프랑만 주세요. 그러면 4천 프랑을 받았다는 영수증을 끊어 드리죠. 대신 조건이 하나 있습니다. 제가 이 사무실 문턱을 넘지 않아도 된다는 조건입니다. 월급을 받으러 올 때도 사무실로 오지 않겠습니다. 돈을 어디로 부칠지는 나중에 알려 드리죠. 이렇게 둘이서 월급을 가져가면 20만 프랑은 2년 뒤에 거의 바닥이 날 겁니다. 이후 어떻게 할지는 그때 가서 생각해 보도록 하죠. 자본 확충을 결정할 수도 있지 않겠습니까? 제 출자금에 대한 이익금은 사장님이 챙기셔도 됩니다. 어떻습니까? 정말 군침이 도는 제안 아닌가요?」

나는 이 제안을 깊이 생각해 보고 스혼베커 씨를 통해 결정 내용을 알려 주겠다고 대답했네.

그 친구가 가고 나자 나는 현지 중개상들의 영역이 작은 깃발로 표시된 내 찬란한 벨기에 치즈 왕국의 지도를 벽에서 떼어 치워 버렸네.

중개상들에게 다시 한 번 편지를 보내 볼까?

아서라, 잊어버리자! 이젠 정말 이 한심한 치즈 사업을 끝낼 때가 되었어!

나는 윗부분에 〈가프파〉라고 인쇄된 편지지 1,000장이 있었는데, 그 부분을 죄다 잘라 내어 버렸네. 나머지 종이는 얀과 이다한테 연습장으로 쓰라고 줄 걸세. 잘라낸 부분은 미련 없이 변기 속에 던져 버렸네.

이어 나는 지하실로 내려갔네.

상자에는 아직 에담 치즈 15개 반이 남아 있었네. 계산하자면 이러네. 치즈 하나는 세관 직원과 창고 직원이 반씩 나눠 처먹었고, 또 하나는 스혼베커 씨와 우리 가족이 나눠 먹었으며, 2개는 내 중개상을 하겠다고 찾아와서는 배가 고프다고 앓는 소리를 하던 남자와 처남에게 하나씩 주었으며, 7개 반은 스혼베커 씨의 친구들에게 팔았네. 그래서 총 27개에서 11개 반을 빼면 15개 반이었지. 나의 이런 꼼꼼한 계산 능력만큼은 호른스트라 씨도 나무랄 게 없을 걸세.

그런데 반만 남은 치즈를 보자 슬그머니 부아가 치밀었네. 대체 그 변호사 양반은 왜 반만 사겠다고 해서 나를 이렇게 난처하게 만드는 것일까? 나는 치즈 반 개를 손에 들고 어떻게 처리해야 할지 몰라 난감했네. 온전한 치즈 하나는 호른스트라 씨에게 돌려줄 수 있었지만 반 개는 그럴 수가 없었네. 그렇다고 버릴 수도 없었지. 먹는 걸 버리는 건 죄받을 짓이니까.

식구가 계단을 올라가는 소리가 들렸네. 내 침구를 정리하러 올라가는 게 분명했네. 나는 식구가 다 올라갈 때까지 기다렸다가 살금살금 부엌으로 들어가 반달 모양의 빨간 치즈를 찬장 속 접시 위에 올려놓았네. 마르지 않도록 절단된 부분이 밑으로 가게 해서. 그런 다음 나는 다시 지하실로 내려가 치즈를 또 한 번 세어 보고는 상자에다 못질을 했네. 가능한 한 소리가 안 나도록 조심조심. 식구가 망치질 소리를 듣고 놀랄까 싶어서였지. 혹시 내가 목을 매달아 죽으려고 하는 거라고 생각할 수도 있으니까.

역시 조심조심 못질을 하길 잘했네. 식구가 눈치를 채지 못한 것 같았으니까. 나는 사무실로 올라가 전화로 택시를 불렀네. 얼마 뒤 택시가 문 앞에 도착했네.

에담 15개가 든 치즈 상자는 궤짝 무게까지 더해 30킬로그램이 넘었네. 그런데도 나는 이 괴물을 번쩍 들고 지하실 계단을 올라가 현관까지 한달음에 도착했네. 현관문을 열자 택시 운전수가 내게서 상자를 넘겨받았네. 그런데 네 걸음밖에 안 되는 택시까지 아주 끙끙대며 옮기더군.

나는 외투를 입고 모자를 쓴 뒤 내 치즈와 함께 길을 나섰네. 이웃에 사는 페터르스 부인이 창가에 서서 이 모든 과정을 지극히 흥미롭게 지켜보고 있었네. 우리 집 창문에서도 식구가 나타나는 것이 보이더군.

나는 특허를 받은 그 창고에 상자를 맡긴 뒤 택시를 돌려보냈네.

이어 나는 치즈 유언장을 작성했네.

이유는 알 수 없지만, 식구는 내가 택시를 타고 떠나는 것을 보았음에도 아무것도 묻지 않았네. 형님도 치즈 판매량에 대해 일체 관심을 보이지 않았지. 대신 예전처럼 자기 환자들이나 내 아이들, 그리고 정치에 관한 이야기만 했네. 혹시 식구와 입을 맞춘 것일까?

호른스트라 씨는 이제 내일 도착하네.

얀이 판 치즈 한 상자와 나머지 11개 치즈 값은 이미 봉투에 넣어 사무실에 준비해 두었네.

내일 어떤 일이 우리를 기다리고 있는지 식구에게는 말을 해주는 게 낫지 않을까? 아서라, 그래 봤자 식구의 근심만 늘어날 뿐!

호른스트라 씨와의 면담이 두려웠음에도 나는 이제 순교자처럼 구원의 죽음을 갈망하고 있네. 날이 갈수록 남편과 아버지로서의 위신이 점점 깎이고 있다는 생각이 들었기 때문이지. 더는 이대로 갈 수 없네. 식구한테도 면이 안 섰네. 공식적으로는 조선소 직원이지만 가짜 진단서를 이용해 가프파 사장 역할을 하는 남편이 안식구한테 무슨 체면이 서겠는가? 그것도 무슨 범죄자처럼 비밀리에 치즈를 팔아야 하는 신경증 환자라니!

아이들도 마찬가지네. 속내를 털어놓지 않아서 정확히 알 수는 없지만, 아이들이 아버지의 이 분에 넘치는 치즈 환상을 일종의 병처럼 이야기하고 있다는 것만큼은 분명히 알고 있네. 모름지기 아버지는 늘 한결같은 모습이어야 하네. 직업이야 시장이건, 책을 만드는 사람이건, 사무직 직원이건, 임시 노동자이건 별 상관이 없네. 어떤 형태로건 수십 년 동안 자신의 의무를 다해 온 사람이 나처럼 뜬금없이 치즈 사업을 한답시고 웃기지도 않는 연극을 펼치면 그런 사람을 아버지라고 할 수 있겠나?

정상이 아닌 것은 분명하네. 만약 어떤 장관이 그랬다면 당연히 사직서를 내고 물러났을 걸세. 하지만 한 여자의 남편이자 두 아이의 아버지는 목숨이 붙어 있는 한 결코 사직할 수 없네.

그럼 치즈 판매량에 대한 형님의 질문이 갑자기 중단된 것은 어떻게 받아들여야 할까? 형님은 처음부터 이일이 어떻게 끝날지 알고 있었던 걸세. 그렇다면 왜 나를 말리지 않고 진단서까지 끊어 주었을까? 아무짝에도 쓸모없는 샘플 약품을 매일 갖다 주는 것보다 그게 훨씬 더 이성적인 일이었을 텐데 말일세. 의뭉스러운 사람 같으니! 문득 형님이 마치 죽어 가는 사람의 상태를 묻는 것처럼 식구에게, 내 사업이 아직 끝나지 않은 것 같으냐고 은밀히 묻는 소리가 바로 옆에서 들리는 듯하네. 식구는 아마 이렇게 대답했을 걸세. 어쨌든 내가 치즈 상자를 지하실에서 들고 나가는 것은 보았다고.

고립무원의 감정이 나를 엄습했네. 지금 같은 상황에서 가족이 무슨 소용이겠나? 가족과 나 사이엔 〈치즈〉라는 벽이 우뚝 서 있었네. 만일 내가 가련한 종교적 자유주의자만 아니었다면 이런 위기의 순간에는 하늘에 기도라도 해보았을 텐데! 하지만 벌써 오십이나 처먹은 인간이 치즈 때문에 갑자기 안 하던 기도를 시작할 수는 없지 않겠나?

문득 어머니가 떠올랐네. 이제 와 생각해 보니 이런 치즈의 재앙을 보지 않고 돌아가신 게 참으로 다행이라는 생각이 들었네. 만일 어머니가 이불솜을 풀기 전이었다면 내 고통을 덜어 주시려고 에담 치즈 만 개 값을 선뜻 내주셨을 텐데!

이제 나는 스스로에게 물어보았네. 이게 모두 내 탓일까? 나는 왜 자진해서 〈치즈〉라는 마차의 말이 되었을까? 나 하나 희생해서 처자식을 호강시켜 주려고? 미안하지만 그건 아닌 것 같았네. 그랬다면 숭고하다는 소리는 들을 수 있겠지만, 나는 예수 그리스도 같은 인간이 아니었네.

그럼 스혼베커 씨 집의 모임에서 어깨에 힘을 주고 싶어서? 그것도 아닌 듯했네. 나는 그런 것에 만족감을 느낄 만큼 허영심 강한 인간은 아니었네.

그렇다면 나는 왜 그런 일을 벌였을까? 그것도 치즈라면 구역질을 하고, 치즈를 팔아 보겠다는 생각은 상상조차 해본 적이 없던 인간이. 나는 가게에서 치즈를 사는 것조차 싫어했네. 만일 어떤 선한 영혼이 내 어깨에서 〈치즈〉라는 짐을 내려 주기 전까지 내가 계속 치즈를 바리바리 싸들고 돌아다니면서 사람들에게 사달라고 애원해야 하는 처지라는 걸 알았다면 나는 차라리 죽고 싶었을 걸세.

치즈가 좋아서 한 일도 아니라면 나는 정말 왜 그런 일을 벌였을까? 이것은 단순히 악몽이 아니라 실제 일어난 괴로운 현실이네. 나는 치즈를 창고에 영원히 묻어 버리고 싶었네. 하지만 치즈가 감옥을 부수고 나와 눈앞에서 유령처럼 어른거리면서 내 영혼을 짓누르며 악취를 풍기고 있네.

나는 이 모든 것이 내가 남의 말을 잘 거절하지 못해서 일어난 일이라고 생각하네. 스혼베커 씨가 치즈 대리점 사업을 해보겠느냐고 물었을 때 나는 당연히 그 제의를 뿌리쳤어야 했네. 그러나 그의 선의와 치즈를 뿌리칠 용기가 없었네. 그때의 비겁함을 지금 이렇게 속죄하고 있는 셈이지. 결국 치즈의 시련은 내 스스로 불러들인 걸세.

19

마지막 날이 밝아왔네.

나는 9시 반까지 침대에 있다가 일어나 아주 천천히 모닝커피를 마셨네. 그것도 10시 반까지 한 시간씩이나. 신문을 펼쳐 들었지만 활자가 눈에 들어오지 않아 결국 사무실 안을 서성거렸네. 자기가 무엇을 하는지 알지 못한 채 마당을 서성거리는 한 마리 개처럼. 그러다 갑자기 묘안이 떠올랐네.

내가 호른스트라 씨와 꼭 대면해야 할 이유가 있을까? 얼마 되지 않는 돈은 우편으로 부치면 되고, 치즈는 요새 같은 창고에 무사히 보관되어 있지 않은가? 그렇다면 굳이 집으로 오게 해서 식구에게까지 괴로운 장면을 연출할 필요가 있을까?

나는 11시 50분경에 현관문 옆의 작은 응접실에 앉아 있었네. 속으로 이런 생각을 하면서. 그래, 오지 않을 수도 있어. 어쩌면 그사이 죽었을지도 몰라. 아니면 급한 일이 있어 파리로 바로 갔을 수도 있어! 그러나 그런 일이 있었다면 벌써 연락을 했을 걸세. 네덜란드인들은 그리 무책임한 사람들이 아니거든. 그렇다면 호른스트라 씨는 조금 늦을지는 몰라도 반드시 올 사람이었네.

갑자기 화려한 리무진 한 대가 그림자처럼 스르르 우리 집 앞에 멈추어 서더니 운전수가 차에서 내려 우리 집 초인종을 눌렀네.

내 얼굴이 찡그려졌네. 초인종 소리가 그렇게 가슴을 후벼 파듯이 고통스럽게 들린 것은 처음이었기 때문이지. 나는 자리에서 일어났네.

식구가 부엌에 양동이를 내려놓더니 문을 열어 주려고 복도를 지나오는 소리가 들렸네. 나는 식구가 작은 응접실을 지나는 찰나에 복도로 뛰어나와 길을 가로막았네. 식구는 내 옆으로 지나가려 했지만 나는 식구를 뒤로 밀어냈네. 치즈도 이렇게 밀어냈어야 했는데…….

「문 열지 마!」

내가 윽박지르듯이 낮게 말했네.

식구는 마치 살인 장면을 목격한 사람처럼 잔뜩 겁먹은 표정으로 나를 바라보았네. 식구는 공포로 떨고 있었네. 만난 지 30년이나 됐지만 이런 모습은 처음이었네.

나는 더 이상 아무 말도 하지 않았네. 사실 말이 필요 없었네. 식구가 하얗게 질린 얼굴로 얼른 다시 부엌에 들어갔기 때문이지. 나는 밖이 잘 내다보이는 응접실 한구석에 서 있었네. 밖에서는 안이 어두침침하게만 보일 걸세. 페터르스 부인도 자기 집 응접실에 나처럼 서 있을 걸세. 나와는 불과 몇 걸음 떨어지지 않은 곳이지. 보지 않아도 나는 그것을 잘 알고 있네.

조용한 집 안에 초인종이 다시 울렸네. 어서 문을 열라고 날카롭게 명령하듯이.

얼마간 기다린 끝에 운전수는 결국 리무진으로 가서 차 안에다 대고 뭐라고 말을 했네. 이어 차문이 열리고 호른스트라 씨가 내렸네. 짧은 바지에 체크무늬 여행복을 입고 영국식 모자를 쓰고, 자그마한 개를 목줄에 묶고 있었네.

호른스트라 씨는 의아한 표정으로 침묵에 잠긴 우리 집 지붕을 올려다보더니 창문으로 다가와 가만히 안을 들여다보았네. 그러고는 뭐라 말을 했지만 무슨 말인지 알아들을 수는 없었네.

그때 갑자기 페터르스 부인이 나타났네. 자청해서 집에서 나온 게 분명했네. 만일 호른스트라 씨가 부인 집의 초인종을 눌렀다면 내 귀에도 분명 들렸을 테니까.

이제 부인은 유리창에 코를 대고, 마치 호른스트라 씨가 놓친 것을 금방이라도 발견할 것처럼 유심히 안을 살

폈네. 정말 혐오스러운 할망구였네. 하지만 어쩌겠나? 외출도 잘 하지 않는, 혼자 사는 노인이 이렇게 밖을 감시하지 않고 긴긴 하루를 어떻게 보내겠는가? 더구나 우리 동네의 풍경은 늘 똑같은 필름을 틀어 놓은 영화관이나 다름없지 않은가? 이런 곳에서 뭔가 이례적인 일이 생기면 얼마나 신나겠는가?

이젠 페터르스 부인이 직접 초인종을 눌렀네. 호른스트라 씨는 어쩔 수 없다는 듯 몇 번 몸짓을 하더니 지갑을 꺼내 부인에게 팁을 주려고 했네. 부인은 한사코 사양했네.

그러니까 부인은 내가 정말 집에 있는지 없는지 궁금해서 나온 것일 뿐, 호른스트라 씨에게 영혼을 팔려고 나온 것이 아니었던 걸세.

브라보, 페터르스 부인!

찬장에 남겨 둔 치즈 반 개를 아직 먹어 치우지 않았다면 이다를 시켜 부인에게 갖다 줄 생각이네.

호른스트라 씨는 차로 기어들어 가더니 개 목줄을 당겼네. 이어 차문이 닫히고, 리무진은 올 때처럼 소리 없이 스르르 자리를 떴네.

나는 잠시 그대로 서 있었네. 평온함의 감정이 가슴속에 가득 퍼졌네. 마치 침대에 누워 있는데 사랑으로 넘치는 손이 내 목까지 이불을 따뜻하게 덮어 주는 그런 느낌이랄까!

하지만 이대로 마냥 서 있을 수는 없었네. 부엌으로 가봐야 했던 거지.

식구는 아무것도 안 하고 멍하니 정원만 내다보고 있었네.

나는 다가가 식구를 안아 주었네. 내 눈물이 세월에 풍화된 그녀의 얼굴에 떨어졌을 때 식구도 나를 따라 울고 있는 것이 보였네.

갑자기 우리가 지금 서 있는 부엌이 사라지면서 시간도 밤으로 바뀌더니 어느 한갓진 장소에 우리 둘만 서 있었네. 아이들도 없이. 남의 눈치 안 보고 마음껏 편히 울기 위해 조용한 장소를 찾았던 30년 전처럼.

치즈의 탑은 무너졌네.

20

나는 끝을 알 수 없는 깊은 수렁에서 다시 땅 위로 올라왔네. 그러고는 안도의 한숨을 내쉬며 수십 년 동안 익숙한 족쇄를 발목에 채웠네. 오늘 종합 해운 조선소로 다시 출근한 것이지.

믿어 주던 사람들을 배신하고 나면 죄책감이 드는 게 인지상정일 걸세. 나 역시 사람들의 호의에 보답하려는 차원에서 예정 시간보다 훨씬 일찍 직장에 복귀했네.

그런데 사실 그럴 필요가 없는 일이었네. 동료들은 나를 보자마자 얼른 달려와 따뜻하게 안부를 묻는 게 아닌가? 심지어 반 더르 타크 양은 3월 말까지 더 있다가 복귀해도 되는데 이렇게 일찍 출근한 건 경솔했다며 나를 나무라기까지 했네. 병가 기간에는 내가 월급을 한 푼도 받지 못한다는 걸 모르고 있었던 거지.

「신경증에는 주사위 놀이만 한 게 없나 봐요.」

투월이 내 등을 조심스레 툭 치며 말했네.

사무실 동료들은 창문을 등지고 앉도록 책상을 배치한 것이 어떠냐고 내 의견을 물었고, 새 압지 두루마리를 보여 주었으며, 안경 낀 하머르를 가리키며 몰래 키득거리기도 했네.

증기 기관차를 운전하던 피트 영감이 나를 보고는 미친 듯이 모자를 흔들어 주었네. 나는 잠시 밖으로 나가 늘 윤활유로 범벅이 되어 있는 그의 검은 손을 힘차게 잡았네. 피트 영감도 강철 애마에서 몸을 숙여 내 몸이 들썩거릴 정도로 내 손을 잡고 흔들어 댔네. 입에 든 입담배를 우적우적 씹으면서.

「시가 맛은 어땠소?」

피트 영감은 저번에 직원들이 돈을 모아 내게 무엇을 선물했는지 모르고 있는 듯했네.

「기가 막혔죠. 나중에 몇 개 갖다 줄 게요.」

피트 영감은 환영의 표시로 기적을 세 번 삑삑 울리더니 유쾌한 표정으로 기관차를 계속 몰았네. 자신의 50만 번째 조선소 순환 운행이라고 하더군. 곧이어 나는 옛 자리에 다시 앉아 일을 시작했네.

사무실 동료들은 별로 중요하지 않은 주문장만 내게 쓰게 하고, 기술 용어가 득실거리는 꽤 피곤한 장문의 기능 설명서는 자신들이 직접 타이핑했네. 타크 양은 초콜

릿을 하나 받을 때마다 내게도 일부를 나누어 주었네.

우리 사무실은 예전에 내가 회사를 다닐 때 이렇게 화목했는지 몰랐던 게 이상할 정도로 분위기가 좋았네. 나는 치즈에 둘러싸여 있을 때는 질식해 죽을 것 같았다면 여기 사무실 안에서는 내면의 소리까지 잠시 들을 수 있었네.

21

그날 저녁 나는 호른스트라 씨에게 편지를 써서, 건강 상의 이유로 벨기에와 룩셈부르크 공국의 대리점 사업을 중단할 수밖에 없게 되었다고 통보했네. 그러면서 치즈는 푸른 모자 탁송 회사 창고에 보관되어 있고, 일부 판매된 치즈 값은 우편환으로 보내 주겠다고 덧붙였네. 이 편지와 함께 나는 돌아갈 길을 스스로 차단해 버렸네. 다시 변덕이 일어 치즈 사업을 계속하겠다고 나설지는 아무도 모르는 일이었기 때문이지.

실제로 사흘 뒤 내 마음을 살짝 흔드는 일이 있었네. 〈르네 비앙느〉라는 이름의 브뤼허 중개상으로부터 고객 열네 명에게 총 4,200킬로그램의 치즈를 팔았다는 보고와 함께 주문장이 도착한 것이지. 주문장은 완벽했네. 주문 날짜, 고객의 이름과 주소를 비롯해 나머지 모든 칸이 빼곡하게 채워져 있었네.

나는 서류철에서 그의 지원서를 찾아보았네. 지원서의 내용은 이랬네. 〈장차 치즈를 얼마라도 팔아 보도록 하겠습니다. 브뤼허, 로젠후카이 가 17번지, 르네 비앙느.〉 지원서 어디에도 내가 면접을 보면서 기록한 메모는 없었네. 브뤼허에서 신청한 사람은 그 하나뿐이어서 사무실로 따로 부르지 않았던 걸세. 결국 나는 후회 없는 결정이기만을 바라면서 나머지 스물아홉 명에게 그랬던 것처럼 그에게도 주문장을 열 장 보냈네. 이렇게 해서 나는 그 사람이 나이가 많은지 적은지, 세련됐는지 촌스러운지, 혹은 지팡이를 들고 다니는지 아닌지 영영 확인할 길이 없게 되었네.

나는 이 주문장을 특별한 주석 없이 호른스트라 씨에게 전달했네. 어쩌면 이 판매 금액에 대해 수수료 5퍼센트를 받을 수 있을지도 모르겠네. 지금 생각해 봐도 이 주문장 시스템은 참 잘 만든 것 같네.

22

스혼베커 씨한테 전화가 왔네. 전화는 1년 치 비용을
미리 지불해 둔 터라 아직 사용이 가능했네. 스혼베커 씨
는 내가 사업을 그만둔 이유를 묻더군. 호른스트라 씨가
찾아와 나와 일을 계속할 수 없게 된 것을 무척 아쉬워
하더라는 걸세. 게다가 치즈가 그렇게 훌륭한 상태로 온
전하게 보관되어 있는 것을 보고는 무척 만족하더라는
얘기도 덧붙였네.

호른스트라 씨는 설마 내가 치즈 20톤을 모조리 먹어
치우기라도 했을 거라고 생각한 것일까?

「우리 안트베르펜 사람들은 최소한 치즈를 어떻게 보
관하는지는 잘 알지 않소?」 스혼베커 씨가 말했네. 「이
번 수요일에 올 거요?」

나는 스혼베커 씨의 집에 갔고, 그는 또 내게 축하를
하더군.

이날도 똑같은 사람들이 모여 똑같은 잡담을 나누었네. 딱 한 사람만 바뀌었더군. 나한테 치즈 반 개를 주문한 그 늙은 변호사 말이네. 그새 죽었다고 하더군. 그 자리에는 공증인 제이펀 씨의 막내아들이 앉아 있었네. 내가 빳빳한 지폐로 20만 프랑을 자기 아버지한테 짜내는 일에 동의했는지 어쨌는지 아직 모르는 눈치더군.

스혼베커 씨는 당연히 내 형님으로부터 내가 다시 조선소로 나간다는 얘기를 들었을 텐데도 그 자리에서는 아무 말도 안 했네. 그래서 사람들은 나를 여전히 가프파의 대표로 대우해 주었네.

주인이 우리를 서로 인사시켰네.

「여긴 반 더르 제이펀 씨, 여긴 라르만스 씨.」

우린 둘 다 이렇게 말했네.

「만나서 반갑습니다.」

이어 제이펀은 끊임없이 웃음을 터뜨리는 옆 사람과 친숙하게 대화를 계속 나누었네.

「정어리가 들어오면 꼭 나한테 바로 연락해 주세요!」

금니를 한 남자가 말했네.

제이펀은 싱긋 웃으며 나를 보더니 이 주문을 적어 두어야 하는지 물었네.

23

오늘 나는 어머니 묘소를 찾았네. 아니, 정확히 말하면 부모님 묘소일세. 해마다 같은 시기에 묘소를 찾았지만 올해는 날짜를 앞당겼네. 치즈의 상처로부터 한시라도 빨리 회복되었으면 하는 바람에서였지.

꽃을 사는 건 중고 책상을 구입하는 것만큼이나 어려웠네. 꽃 가게에는 작은 국화, 보통 크기의 국화, 큰 빵만한 국화, 이렇게 세 종류가 있었기 때문이지. 나는 줄곧 작은 국화에 추파를 던졌음에도 주인은 내게 커다란 국화를 팔았네. 그것도 열두 송이씩이나. 주인은 눈처럼 하얀 포장지에 꽃을 싸더니 몇 킬로미터 밖에서 보일 만큼 거대한 풍선까지 내게 안겨 주었네. 이런 걸 들고 사람들로 북적이는 시내를 지나 공동묘지까지 갈 수는 없었네. 암, 절대 그럴 순 없지! 공동묘지를 찾는 것이 아무리 존경받을 만한 일이라고 하더라도 이렇게 지나치게 큰 꽃다발을 들고 가는 것은 예전에 내가 성 요셉 석고상을 들고 갈 때보다 훨씬 우스꽝스럽게 보일 걸세. 생각해보게. 이런 과도한 꽃다발을 누가 사겠나? 다들 아마 내가 꽃 장수한테 사기를 당했다고 생각할 걸세. 결국 나는 택시를 탔네.

공동묘지에서 목표 지점을 찾는 건 쉽지 않네. 공동묘지를 나누는 반듯한 긴 가로수 길들은 모두 비슷하게 생겨서 길가의 무덤으로만 간신히 구분할 수 있었기 때문이지. 그것도 숙달된 눈으로나 말일세.

나는 중앙 가로수 길을 따라 내려가다가 왼쪽으로 세 번째, 다시 오른쪽으로 두 번째 옆길로 방향을 틀었네. 분명 이 근방 어디쯤에 부모님 묘지가 있을 텐데……. 나는 천천히 걸음을 늦추었네. 저 앞에 검은 기둥이 있는 방향으로.

그런데 묘지가 어디로 간 건지 도대체 알 수가 없었네. 여기 왼편에 있었던 걸로 분명히 기억하는데……. 그러나 엉뚱한 묘들만 보였네. 야콥스 드 프레터르 가족묘. 요한나 마리아 반데벨더 양의 묘. 사랑하는 우리 딸 기젤레.

삐질삐질 땀이 나기 시작했네. 그런데 저 인간은 대체 무슨 생각을 하고 저러고 있는 것일까? 아까 내가 기둥이라 생각한 것이 실은 기도하고 있는 여자라는 걸 이제야 깨달았던 걸세. 그렇다고 내 부모의 묘가 어디 있는지 그 여자한테 물어볼 수는 없는 노릇이었네. 만일 여기서 갑자기 내 누이 중 하나를 만나면 어떡해야 할까? 누이는 당연히 내가 우리 아버지 어머니의 묘를 찾는 중이라고 생각할 걸세. 그렇지 않고서야 내가 꽃을 들고 이렇게 공동묘지를 헤맬 이유가 없지 않겠나? 어쨌든 실제로 그런 일이 일어난다면 나는 아무 묘지에나 꽃을 내려놓고는 바로 내빼 버릴 걸세. 아니면 〈어, 누이도 여길 온 거야?〉 하고 말하고는 아무 일 없었다는 듯이 얌전히 누이 뒤를 따라 부모님의 묘소를 찾아갈 수도 있겠지.

나는 귀가 간질간질한 느낌이 들어 중앙 가로수 길로 돌아가 처음부터 다시 시작해 보았네. 왼쪽으로 세 번째, 오른쪽으로 두 번째. 그러나 결과는 똑같았네.

나는 걸음을 멈추지 않고 마치 공동묘지 끝으로 가야 하는 사람처럼 계속 걸어갔네. 국화꽃을 가슴에 꼭 안은 채로. 그렇게 하지 않으면 꽃이 바닥에 끌릴 것 같았네.

발꿈치를 들고 조심조심 그 여자 뒤를 지나가는데, 갑자기 내 부모님의 묘가 보였네. 지나가는 나를 묘가 확 잡아챘다고 할까! 기도하는 여자 바로 옆이었네. 크리스티안 라르만스와 아델라 판 엘스트. 주여, 감사하나이다! 이제는 누이가 몇 명이 와도 상관없어!

사위는 믿기 어려울 정도로 고요했네. 가끔 앙상한 나

뭇가지에서 물방울 똑똑 떨어지는 소리만 들렸네.

나는 모자를 벗고 1분간 묵념했네.

이제야 마음이 느긋해졌네. 여기 누워 계신 분들은 내가 치즈와 함께 겪은 일을 전혀 모르시네. 아마 아셨다면 어머니는 당장 가프파로 달려와 나를 위로하고 도움의 손길을 내밀었을 걸세.

나는 커다란 국화꽃 다발을 대리석판 위에 조심스럽게 내려놓고는 옆의 삐딱한 형체를 슬쩍 곁눈질했네. 그런 다음 어머니 아버지께 목례를 하고 모자를 쓴 뒤 자리를 떴네. 이어 무덤을 다섯 개 더 지나 옆길로 방향을 틀었고, 거기서 다시 한 번 돌아보았네.

순간 나는 그 자리에 뿌리가 내린 것처럼 굳어 버렸네. 저 여자가 지금 우리 무덤에서 무슨 짓을 하려는 거야? 혹시 내 국화꽃을 훔쳐 자기 무덤에다 올려놓으려고? 그건 정말 파렴치한 짓이지.

그런데 오해였네. 여자는 하얀 포장지를 벗기더니 적갈색의 풍성한 꽃을 펼쳐 우리 부모님의 이름이 보이도록 석판 위에 올려놓았네. 그다음 성호를 긋더니 우리 부모님의 무덤에다 대고 기도를 하기 시작했네.

나는 몸을 숙이고 눈에 띄지 않게 중앙 가로수 길까지 조심조심 걸어 나가 공동묘지를 빠져나왔네.

나는 우리 집이 보이지 않는 길모퉁이에서 택시를 세

왔네. 혹시라도 식구의 눈에 띄면 더 이상 사업가도 아닌 사람이 무슨 일로 택시를 탔는지 해명해야 했기 때문이지. 사실 이제 나 같은 사람한테는 전차가 어울릴 걸세.

24

이후 우리 집에서는 〈치즈〉의 〈치〉자도 나오지 않았네. 얀조차 자기가 팔았다고 자랑스럽게 떠들고 다니던 치즈 상자 얘기를 입에 올리지 않았고, 이다는 꿀 먹은 벙어리처럼 입을 꾹 다물고 있었네. 이 불쌍한 것은 여전히 학교에서 〈치즈 장수〉라고 놀림을 받는 것 같았네.

식구도 그 일이 있은 뒤로 치즈를 일절 식탁에 올리지 않더니만 몇 달이 지나서야 처음으로 내 앞에 프티 스위스 치즈를 내놓았네. 희고 납작한 이 치즈는 에담과 닮은 게 하나도 없었네. 나비와 뱀 사이처럼.

아무튼 고맙다, 내 착한 아이들아!

고맙소, 내 사랑스러운 식구여!

안트베르펜, 1933년.

작품과 작가에 대하여*

   빌렘 엘스호트는 1882년 벨기에 안트베르펜에서 태어 났다. 본명은 〈알폰스 드 리더Alfons de Ridder〉다. 엘 스호트는 학생 시절부터 문학과 플랑드르 민족주의 운 동에 관심을 보였고, 몇몇 학우와 문학 모임을 만들기도 했다. 19세에는 문학 잡지사 편집부에서 일하며 첫 시를 발표했다. 안트베르펜 상과대학을 졸업한 후에는 안트 베르펜 식민회사와 상업신용은행에서 근무했고, 1906년 에는 파리로 옮겨 한 사업가의 비서로 일했다. 1908년부 터는 네덜란드 로테르담 인근의 조선소에서 일했다. 이 시기에 쓴 시들은 훗날 『초기 시』(1934)라는 제목으로 출간되었다. 엘스호트는 안트베르펜 국민구호위원회를 거쳐 네덜란드 일간지 「로테르담 신문」에서 잠시 통신원

*『치즈』의 독일어판(2003년) 번역가 게르트 부세Gerd Busse가 쓴 〈작 가 해설〉을 참조했음을 밝힌다.

으로 일한 뒤, 상업 활동에 전념했다. 1919년에 동업자와 함께 설립한 광고 대행사는 브뤼셀에 지사를 낼 정도로 큰 성공을 거뒀고, 1931년에 독립해서 세운 회사도 크게 성공했다.

생업으로 바쁜 와중에도 그는 11편이나 되는 작품을 썼다. 첫 소설 『장미 빌라*Villa des Roses*』(1913)는 파리 생활의 기억을 담은 첫 소설로, 오늘날엔 누구나 걸작으로 인정하지만 당시에는 거의 주목을 받지 못했다. 1921년에는 『환멸*Een Ontgoocheling*』과 『구원*De Verlossing*』이, 이어 광고 세계의 기만적 행태를 다룬 『사기*Leimen*』 (1924)가 출간되었다. 이 작품에서 단순하고 우직한 스타일의 소시민 프란스 라르만스가 1인칭 화자로 처음 등장한다. 이 인물은 이후 다른 작품들에서 역할만 바꾸어 재차 등장하면서 현대 네덜란드 문학의 고전적 인물로 자리 잡는다. 『치즈』(1933)에 이어 라르만스의 딸이 우여곡절 끝에 폴란드 청년과 결혼한다는 내용의 『치프*Tsjip*』(1934)가 발표되고, 1940년에는 이 작품의 속편에 해당하는 『사자 조련사*De Leeuwentemmer*』가 출간된다. 그 사이에 라르만스가 사위로 나오는 『연금*Pensioen*』(1937)도 출간된다. 모성애에 대한 풍자 소설이다. 『다리*Het Been*』(1938)는 『사기』의 속편이지만 질적으로 1편에 훨씬 못 미친다. 『유조선*Het Tankschip*』(1942)에서 라르만

176

스는 장인의 막대한 세금 횡령에 대해 이야기하고, 마지막으로 『도깨비불 *Het Dwaallicht*』(1946)에서는 아프가니스탄 뱃사람 세 명과 함께 존재하지도 않는 한 소녀를 찾아 나선다.

시집 『초기 시』는 1957년에 다른 소설들과 함께 한 권짜리 전집에 수록되었다. 이 전집은 수없이 쇄를 거듭하며 사랑을 받았고, 네덜란드 문학의 기념비적 업적이 되었다. 엘스호트는 1934년에 『치즈』로, 1942년에는 『연금』으로 플랑드르 문학상을 받았고, 1948년에는 『도깨비불』로 산문 부문 국가상을 받았으며, 1951년에는 전집으로 콘스탄테인 하위헌스상을 받았다.

빌렘 엘스호트는 1960년 안트베르펜에서 숨을 거두었고, 그에게는 벨기에-플랑드르어권 국가문학상이 수여되었다. 그의 소설들은 세계 30개국 이상에서 번역되었고, 『치즈』(오를로브 쉰커 감독, 2000)를 필두로 『사기』와 『다리』(로버 데 헤르트 감독)가, 『장미 빌라』(프랑크 반 파셀 감독, 2002)가 영화로 제작되었다.

『치즈』는 빌렘 엘스호트가 10년간의 침묵 끝에 단 2주에 걸쳐 쓴 작품으로, 나중에 작가 스스로도 자신의 최고작으로 꼽았다. 샐러리맨의 꿈과 좌절을 그린 이 작품이 나오기까지 네덜란드의 언론인이자 작가인 얀 흐레스호프의 격려가 큰 힘이 되었다고 하는데, 엘스호트는 책의 첫머리에 특별히 시까지 부쳐 그에게 감사의 뜻을 전한다. 흐레스호프는 자신의 벗인 엘스호트에 대해 〈늘 아주 작은 것에서 큰 것을 찾을 줄 아는 작가〉라고 평한다. 실제로 그의 소설에는 〈단순한 사람들〉, 즉 큰 욕심 없이 배부르고 등 따뜻이 사는 것을 꿈꾸는 소시민이 자주 등장한다. 엘스호트가 그려 낸 주인공들은 출세를 위해 애쓰지만 어설픈 시도 때문에 웃음을 불러일으킬 때가 많다. 그러나 독자들은 웃음과 동시에 무언가 뜨거운 것이 목구멍으로 치받아 오르는 것을 느끼고, 인물들의 실존적 비극에 공감한다.

빌렘 엘스호트는 말이 많거나 멋들어진 말을 즐기는 작가가 아니다. 그의 소설도 마찬가지다. 무미건조하고 꾸밈없는 언어, 간결함이 특징이다. 다작을 한 작가도 아니어서 전집이라고는 750쪽짜리 책 한 권이 전부다. 그럼에도 네덜란드 문학에서는 가장 많이 읽히고 즐겨 인용되는 작가 중 한 사람이다. 몇 년 전 문학 비평가 후스 라이터르스Guus Luijters는 한 네덜란드 일간지에 이렇게 썼다. 〈빌렘 엘스호트만큼 작품을 적게 쓴 네덜란드 작가도 거의 없지만, 그처럼 많은 걸작을 낸 네덜란드 작가도 없다.〉

시대를 초월한, 월급쟁이의 웃픈 이야기

가끔 번역가로 살면서 좋은 점이 뭐냐는 질문을 받으면 나는 주저 없이 답한다. 내가 아침에 눈 뜨는 시간이 일어나는 시간이고, 내가 노는 날이 달력의 〈빨간 날〉이라고. 시간에 쫓기며 살지 않고 시간을 내 손안에 두고 쓰면서 사는 것, 그것이 삶의 주인 되는 첫걸음이라고 생각한다는 뜻이다. 다만 이런 호사(?)를 누리려면 치러야 할 대가가 있다. 고정적으로 들어오는 돈이 없어 간당간당한 통장을 보며 마음 졸여야 할 때가 많다는 것이다. 프리랜서의 숙명 같은 비애다. 그때마다 때가 되면 꼬박꼬박 통장에 돈이 들어오는 월급쟁이들이 얼마나 부러웠던지. 하지만 어쩌랴! 모든 걸 누리고 살 수는 없는 법, 하나를 누리면 하나는 내주어야 한다. 그래야 세상이 공평하지 않겠는가!

지금껏 직장 생활을 한 번도 해본 적이 없어 정확히는

알 수 없으나 월급쟁이라고 해서 밖에서 보는 것만큼 편히 돈을 버는 건 분명 아닐 것이다. 남 밑에서 일하는 게 어디 예삿일이고, 남의 돈 받아먹는 게 어디 쉬운 일인가? 상사에게 굽실거리고, 실적 경쟁으로 밤잠을 설치고, 온갖 더러운 꼴 다 보면서도 아침에 눈을 뜨면 또다시 직장으로 달려간다. 다달이 통장에 찍히는 봉급 때문일 것이다. 신자유주의의 드센 바람으로 인해 요즘 직장인의 상황은 더 열악해졌다. 평생직장의 개념은 온데간데없이 사라졌고, 비정규직은 계속 늘어만 간다. 누구 할 것 없이 미래를 불안해한다. 노후를 걱정하지 않아도 될 만큼 미래를 준비해 놓은 사람은 거의 없다. 그러다 보니 버젓이 직장을 다니는 사람이 대리운전까지 하며 〈투잡〉에 나선다.

미래가 보장되지도 않으면서 더럽고 치사하기만 한 이놈의 직장 생활, 당장이라도 때려치우고 싶은 마음 굴뚝같지만 목구멍이 포도청인 현실이 허락지 않는다. 그렇다. 직장인은 탈출을 꿈꾸지만 탈출할 수 없는, 자유를 꿈꾸지만 자유롭게 살 수 없는 사람들이다. 목숨 줄이 직장에 매여 있는데 어떻게 자유로울 수 있겠는가? 그래서 죽으나 사나 피곤한 몸을 일으켜 새벽같이 출근해서는 미친 듯이 일하다가 퇴근 후 술 한잔으로 반복되는 생활의 시름을 달랜다. 그것도 수십 년 동안이나. 어쩌면 뻔히 보이는 미래만큼 잔인한 삶은 없을지 모른다. 아무 변화 없이 앞으로도 지금과 똑같은 생활이 펼쳐진다면 참으로 지루하고 삭막할 테니까.

평범한 직장인에게 사업 제안이 들어온다면 어떨까? 별로 위험해 보이지 않고, 웬만큼만 해도 월급쟁이보다 더 많은 돈을 벌 수 있을 것 같은 장밋빛 사업이라면 말이다. 물론 마음 한편에선 불안감이 빳빳이 고개를 치켜들 것이다. 공연히 사업에 손댔다가 길거리에 나앉았다는 이야기를 주변에서 얼마나 많이 들었던가! 그러나 나만의 사업 운영은 〈을〉의 삶에서 벗어나 자유로운 삶을 누릴 절호의 기회이기도 하다. 제안을 받은 사람은 두 가지 선택 사이에서 많은 고민을 할 것이다. 틀에 박힌 생활을 집어치우고 새로운 세계에 과감히 발을 들여놓을 것인가? 아니면 송충이는 솔잎을 먹어야 한다고 되뇌며 어깨를 늘어뜨리고 터벅터벅 자신의 직장으로 향할 것인가? 당신이라면 어떤 결정을 내리겠는가?

작품의 주인공 프란스 라르만스는 수십 년 동안 조선소의 사무직 직원으로 일하면서 회사와 집밖에 모르고 사는 사람이다. 그런 그에게 한 지인이 사업을 제안해 온다. 암스테르담에 있는 치즈 회사 산하의 벨기에-룩셈부르크 총지점장을 맡아 보지 않겠느냐는 제안이다. 아무리 따져

보아도 손해 볼 일은 없고, 그리 힘들 것도 없어 보인다. 계약서에 서명을 마친 순간부터 라르만스는 신분 상승과 함께 풍요로운 삶이 펼쳐지리라 기대한다. 그러나 막상 뚜껑을 열어 보니 지천이 가시밭길이다. 준비해야 할 것도 많고 신경 쓸 것도 많다. 어느 것 하나 만만한 게 없다. 평생 서류만 만지작거리던 사람에게는 하나하나가 도전이다. 그의 이야기는 과연 해피엔드로 끝날 수 있을까?

이 작품은 경제 공황으로 실업이 만연했던 시대를 배경으로 한다. 작가는 군더더기 없는 전개 속에서 주인공의 어설픈 행동과 허영, 속물적 근성을 건조하면서도 유머러스한 문체로 표현한다. 그런데 주인공의 말과 행동에 싱긋 웃음을 머금다가도 이내 애달픈 마음이 드는 것이 사실이다. 그냥 웃어넘기기엔 너무 슬프다. 요즘 말로 〈웃프다〉는 말이 딱 들어맞는다. 백여 년의 시간이 흘렀음에도 여전히 변하지 않은, 아니 어떤 면에서는 훨씬 더 열악해진 직장인의 처지가 더욱 그런 감정을 불러일으키는지도 모른다.

박종대

* 이 작품은 강원도의 지원으로 토지문화관에 머물면서 번역하였다. 강원도와 토지문화관에 감사를 전한다.

옮긴이 **박종대** 성균관대학교에서 독어독문학과와 대학원을 졸업하고 독일 쾰른에서 문학과 철학을 공부했다. 사람이건 사건이건 늘 표층보다 이면에 관심이 많고, 어떻게 사는 것이 진정 자기를 위하는 길인지 고민하는 〈제대로 된〉 이기주의자가 꿈이다. 지금껏 『미의 기원』, 『데미안』, 『수레바퀴 아래서』, 『바르톨로메는 개가 아니다』, 『나폴레옹 놀이』, 『유랑극단』, 『목매달린 여우의 숲』, 『늦여름』, 『토마스 만 단편선』, 『위대한 패배자』, 『주말』, 귀향』, 『그리고 신은 얘기나 좀 하자고 말했다』, 『군인』 등 90여 권의 책을 번역했다.

9990개의 치즈

발행일 **2015년 6월 20일 초판 1쇄**

지은이 **빌렘 엘스호트**
옮긴이 **박종대**
발행인 **홍지웅**
발행처 **주식회사 열린책들**

경기도 파주시 문발로 253 파주출판도시
전화 **031-955-4000** 팩스 **031-955-4004**
www.openbooks.co.kr

Copyright (C) 주식회사 열린책들, 2015, *Printed in Korea.*
Translation copyright (C) 박종대, 2015
ISBN 978-89-329-1718-4 03890

이 도서의 국립중앙도서관 출판시도서목록(CIP)은 e-CIP 홈페이지(http://www.nl.go.kr/ecip)와 국가자료공동목록시스템(http://www.nl.go.kr/kolisnet)에서 이용하실 수 있습니다. (CIP제어번호: CIP2015015306)